# 蜥蜴的眼睛

Bernardo Fernández, Bef

[墨西哥] 贝尔纳多·费尔南德斯 (Bef) 著

吕文娜 译

人民文学出版社

著作权合同登记:图字 01-2012-5941 号

Bernardo Fernández
OJOS DE LAGARTO

Copyright © 2009 by Bernardo Fernández
Simplified Chinese edition Copyright ©
2012 Shanghai 99 Culture Consulting Co., Ltd.
All rights reserved.

**图书在版编目(CIP)数据**

蜥蜴的眼睛/(墨)费尔南德斯著;吕文娜译. —北京:
人民文学出版社,2012
ISBN 978-7-02-009472-1

Ⅰ.①蜥… Ⅱ.①费…②吕… Ⅲ.①长篇小说-墨西哥-现代 Ⅳ.①1731.45

中国版本图书馆 CIP 数据核字(2012)第 198004 号

特约策划:彭 伦 姚云青
责任编辑:胡真才
封面插画:Patricio Betto
装帧设计:汪佳诗

| 出版发行 | 人民文学出版社 |
|---|---|
| 社　　址 | 北京市朝内大街 166 号 |
| 邮政编码 | 100705 |
| 网　　址 | http://www.rw-cn.com |
| 印　　制 | 宁波市大港印务有限公司 |
| 经　　销 | 全国新华书店等 |
| 字　　数 | 144 千字 |
| 开　　本 | 890×1240 毫米　1/32 |
| 印　　张 | 9 |
| 印　　数 | 1—10000 |
| 版　　次 | 2013 年 3 月北京第 1 版 |
| 印　　次 | 2013 年 3 月第 1 次印刷 |
| 书　　号 | 978-7-02-009472-1 |
| 定　　价 | 29.00 元 |

献给玛丽亚：愿一千条龙永远将你守护。

天地间有许多事情,霍拉旭,
决不是你们的哲学所梦想得到的。

——威廉·莎士比亚

《哈姆雷特》第一幕第五场①


您了解墨西哥的历史吗?好吧,
没关系。没什么可了解的。
全是尘土和鲜血。

——阿兰·摩尔

《奇迹超人》

---

① 卞之琳译本《莎士比亚悲剧四种》第43页,北京:人民文学出版社,1989年。

本文中所涉及人物、地点、事件纯属虚构,然而其中也有若干真实事件。

# 目　录

## 第一部　龙在这里

魔克拉-姆边贝 …………………………………………… 003

东方故事（一）…………………………………………… 016

关于动物和人：卡尔·哈根贝克日记中的未发表页 ……… 022

魔鬼的脚印………………………………………………… 030

伊诺霍萨-史密斯博士牌神奇药水 ……………………… 035

把他们活着带回来（一）………………………………… 042

尘土与鲜血………………………………………………… 051

关于动物和人：卡尔·哈根贝克日记中的未发表页 ……… 062

东方故事（二）…………………………………………… 069

霍拉旭·P·康拉迪的亲笔信 …………………………… 075

把他们活着带回来（二）………………………………… 077

天地之间有许多事情……………………………………… 086

一种有节奏的咯咯声……………………… 090

东方故事（三）…………………………… 098

人与动物…………………………………… 108

霍拉旭·P·康拉迪的亲笔信……………… 114

卡拉菲亚…………………………………… 116

一支怪异虫类的合鸣……………………… 118

蜥蜴的眼睛………………………………… 125

德国皇帝之商务代表如是说……………… 132

心中的一丝寒战…………………………… 135

东方故事（四）…………………………… 140

德国皇帝之商务代表如是说……………… 144

两具尸体…………………………………… 150

东方故事（五）…………………………… 152

把他们活着带回来（三）………………… 156

近乎科学般的好奇心……………………… 159

我不能治好任何人………………………… 162

## 第二部　东方飞龙

东方故事（六）…………………………… 167

| | |
|---|---|
| 瑛龙 | 170 |
| 把他们活着带回来(四) | 173 |
| 不可能的存在 | 180 |
| 弗兰克·巴克知道 | 185 |
| 把他们活着带回来(五) | 187 |
| 自然而然 | 191 |
| 黑暗中 | 195 |
| 昨夜你为何入睡？ | 198 |
| 东方故事(七) | 200 |
| 见到狼在哭泣 | 204 |
| 一顶可怕的草帽 | 208 |
| 恭喜！ | 210 |
| 最精致的美食 | 214 |
| 没什么更不公正 | 219 |
| 伊诺霍萨医生知道 | 225 |
| 一个臭跑腿儿的 | 226 |
| 酗酒的毛病 | 228 |
| 不要放弃 | 230 |
| 东方故事(八) | 234 |

| | |
|---|---|
| 我是个守信的人 | 239 |
| 把他们活着带回来(六) | 243 |
| 噩梦 | 246 |
| 把他们活着带回来(七) | 249 |
| 苦力们说 | 257 |
| 一九二三年五月二十二日　星期二 | 260 |
| 来福士酒店 | 263 |
| 艾瑞说 | 266 |
| | |
| 人物表 | 270 |
| 后记 | 275 |

# 第一部
## 龙在这里[*]

---

[*] 原文为拉丁语。"龙在这里"这句话被中世纪的地图绘制员用以标注无人区。——原注

## 魔克拉-姆边贝*

### 赞比亚班韦乌卢湖 一八六九年

密林的绿意汹涌澎湃。

早上七点,罗伦佐·卡萨诺瓦就热醒了。每天到了这个钟点,营地的喧嚣是不会让他继续睡下去的。

猎手们将这种喧闹声从埃及的苏丹港带到这里,每一天都是在这种惯常的吵嚷中开始的。这声音使罗伦佐这个意大利人想起了亚历山大港的市集。

起床前,他在安格勒卜上伸了个懒腰,这种非洲床榻非常像行军床。他在清水盆里洗了洗脸,手指划过浓密的胡须,那简直是一片小小的森林,吞没了他的下巴。

他脱下他权作睡衣的埃及棉土耳其袍子。夜里出的汗已经把

---

\* 魔克拉-姆边贝(Mokèlé-mbèmbé)是一种据说栖息在刚果河流域沼泽的巨大神秘生物。"魔克拉-姆边贝"这个词是从林加拉语来的,意思为"可以阻断水流的生物"。

长袍粘在了他的身上,就像是当地的俾格米人①用来包裹尸体的斗篷。他从旅行箱里拿出一件干净的军用衬衫,暗自感激女奴们付出的辛劳,是她们使营地得以保持整洁。

从草棚里一出来,一群蚊子就围了上来。动物站是一圈圆形的栅栏,立在离湖水几米远的地方,里面挤满了畜栏和笼子。

远处,一片松林遮住了营地的大门,再过去,湖水一直延展到天际。湖面上,成群的水鸟沿着岸边游弋。更远的水面上趴着几条鳄鱼。

在围栏的中间,猎人们盖起的草棚和畜栏一起围着巨大的篝火,夜里点起的火堆是为了吓跑猛兽,现在只剩下一点冒着烟雾的炭火。

苏丹人经常围着篝火又唱又跳玩到很晚。跟其他欧洲人不同的是,卡萨诺瓦不跟别的白人一起混。这一点,除了为他赢得"怪人"的名声之外,还使他得以毫无阻碍地加入到他的穆斯林仆人的狂欢中去。

这支狩猎小队由勇猛的塔克鲁里人组成,他们是挖陷阱的好

---

① 俾格米并不是一个种族,而是泛指所有全族成年男子平均高度都少于150厘米或155厘米的种族。对于身高稍长的人种,又称作"类俾格米人"。比较知名的俾格米人都生长于非洲中部;在泰国、印尼、菲律宾、巴布亚新几内亚、巴西及玻利维亚也有俾格米人。

手,勇于抓住飞奔的大象,砍断它们的筋腱;他们还擅长划船、游泳、在淡水里用鱼叉扎鱼、捕捉河马和鳄鱼。卡萨诺瓦作为体内流着迦太基人血液的西西里人,置身于他们当中,感觉就像跟家里人在一起一样。

活动房里满是从刚果买来的女奴。她们为男人做饭,给山羊挤奶,给动物喂食,保持营地的整洁,很多时候,也用她们的怀抱抚慰男人们对尼罗河谷的乡愁。

卡萨诺瓦本人就曾经在被孤独吞噬的时候在她们那里找到过慰藉。

畜栏里,各种动物都在试图赶走蚊虫,甩开烦躁。在这令人窒息的氛围中,不同种类的动物挤在营地里,令人不禁想到他们是在为另一次大洪水做准备。

事实并非如此。意大利人在为卡尔·哈根贝克的订单收集动物,那是个专门买卖珍奇动物的德国商人。

尽管这个条顿人[①]有很多怪癖,卡萨诺瓦还是认为他是他最好的客户。他最突出的怪癖是:在提到自己的时候他总是使用复数。

---

① 条顿人,古代日耳曼人中的一个分支,后常被用来泛指日耳曼人或特指德国人。

他们大约是五年前认识的,当时卡萨诺瓦带着一船在阿比西尼亚①北部抓获的动物在德利亚斯特②靠岸。哈根贝克瘦高个儿,举止优雅,蓝色碧眼让卡萨诺瓦联想到两颗蓝宝石,可他却是像大草原上的狮子一般无情的商人。

卡萨诺瓦在亚历山大港认识的挪威纺织品商人奥拉弗森给他引见了卡尔·哈根贝克。奥拉弗森在成群的装卸工和水手之中认出了他,就在码头上介绍他们认识了。卡萨诺瓦让他的手下到附近的妓院里去泄泄火,他自己来跟刚刚认识的动物商人谈生意。

在那家叫做"砍头羊"这个不幸名字的小馆子里,他们只喝了茶。德国人愿意为这批动物付的钱只有卡萨诺瓦叫价的四分之一。

"卡萨诺瓦先生③,我怎么能够肯定这些动物没得鼻疽病呢?"他用温和的声音问道。

"先生,它们都是健康的动物。您知道的,能够到达这里的都是最强壮的,大部分有病的在从苏伊士港出发的路上就死了。"

哈根贝克喝了一口茶水。用冰冷的目光盯着卡萨诺瓦。在他

---

① 阿比西尼亚,埃塞俄比亚的旧称。
② 德利亚斯特,意大利城市名。
③ 原文为意大利语。

旁边的西西里猎手，乱糟糟的胡子就像一片烧焦的灌木丛，很像是他手下的苏丹猎人中的一个，简直就是了。

"两千马克。不能再多了。您接受还是放弃？"

卡萨诺瓦没说话。这位绅士又说道：

"我确信，巴黎游乐场公园的乔夫罗伊·德·圣希莱尔会多给您一点。不会太多。或者是伦敦动物园的查理·普莱斯。可是他们都不在这里，而且，唉！那些城市又是那么遥远……"

哈根贝克喝光了他的茶。他在桌上丢下几枚硬币，足以付他的茶钱和卡萨诺瓦喝的那瓶葡萄酒饮料。他带着芭蕾舞演员般的优雅站起身来。

"很高兴认识您，先生。"他边说边朝酒馆的门口走去。他出现在那种地方的感觉是那么不协调，就像是在凡尔赛酒店的门口站着个乞丐。

"两千五。"卡萨诺瓦嘟囔了一声，眼睛一直盯着他的酒杯。他的眼神开始变得黯然。

"现在我出一千八。"哈根贝克背对着他说道，他从那个破酒馆的门口望着港口的方向。码头上的喧闹声从外面传了进来。屋里面，所有的顾客都像在看热闹似的看着他们。

"两千。"猎人使劲地闭紧眼睛，以免一滴眼泪滑出他的眼眶。

那滴眼泪在他的脸上看起来是那么地不协调,就像是哈根贝克出现在这家破酒馆里一样的突兀。

"一千九。"

卡萨诺瓦停顿了一会儿。当他听到哈根贝克朝夜色中走去时,他吐出"成交"两个字,声音低得几乎听不见。

他没听到反应。当他睁开眼睛时,看到了德国人伸到他面前的手,便紧紧地握了一下。

"跟您做生意真是赏心乐事,先生。"哈根贝克声音里毫无感情地说道。

几小时后,在付款的时候,他扣除了那瓶葡萄酒饮料的钱。

两只雄性羚羊角斗的声音将卡萨诺瓦从回忆中拉回来。它们为了争夺关押它们的狭小空间而打个不休。

"让那些畜生安静点!"他朝他的手下吼道。苏丹仆人马上跑去拉开那些动物。

靠近湖水使他们的捕猎战果丰盛。动物们都会到湖边来喝水解渴。它们之中的大多数之前从没有见过白人。那是一片尚未开发的土地。

卡萨诺瓦以前喜欢到向北数公里以外的塔卡地区打猎,那里地处巴拉卡河上游以东,赖哈德河上游以西。然而,苏丹的马赫迪起义①将欧洲猎人们在黑大陆上往南驱赶了几千公里,以找寻不那么动荡的安身之所。

西西里人跟他的手下在布拉柴维尔登上了一艘蒸汽船,沿着刚果河一路前行,最终在遥远的班韦乌卢湖畔的丛林中找到一块空地安营扎寨。

当地的俾格米人热情地迎接了意大利人和他的穆斯林狩猎小队的到来。他们看到这些坐着漂流的房子到来的人,觉得他们又可怕又迷人。

起初几天,苏丹仆人筑起围栏,搭好草棚和畜栏,为危险的猛兽准备笼子,还装置了一些建立站点所需的东西。意大利人一边监督他们干活,一边喝薄荷茶加朗姆酒祛暑。他们只有在朝向麦加祷告的时候才会暂停一下手里的活计。

不到一个星期,营地就投入使用了。猎人们开始收集动物。这是一份大单子,两家美国马戏团和哈根贝克执掌的汉堡附近的斯特林根动物园订购的。

很快,当地人手里捧着给客人们的供品来了:鸡、山羊、香蕉、椰子、南瓜、花生、蜂蜜和一种叫做孟科优的苦味酒,都被俾格米人

---

① 1881—1899年,苏丹人民反对英国和埃及殖民统治的武装起义。

直接送到了营地。

一场盛宴开始了,小个子们吃掉了他们带来的所有食物。当这些南方的小矮人敲起他们的达姆鼓围着火堆跳舞的时候,苏丹人可以俯视他们的肩膀。

卡萨诺瓦吃着喝着,知道自己是这庆典的核心,却心不在焉,跟他的心腹赛佩尔用阿拉伯语聊着。后者跟通常一样,只是用单音节应答。

几个星期波澜不惊地过去了。很快,为动物们准备的围栏和笼子开始变满了。有羚羊、猴子、几只狮子、野山羊、豹子、狒狒,甚至还有六只大象被抓来后在营地里挤来挤去。

当地的俾格米人自称班本泽乐人,他们自告奋勇来帮助猎人们打猎。他们对本地的动物习性非常了解,事实证明他们可帮了卡萨诺瓦和他的手下大忙了。

大概两个月之后,狩猎季接近尾声了。很快它们就要被装船上路,等待它们的将是漫漫的北上朝圣之旅,它们当中只有一小部分能够挨到旅途的终点。

那天上午,哈根贝克的订单中只有一项还没有完成。需要抓到一对河马,把它们活着送到亚当·福坡夫的费城马戏团。

那些身手灵活的土著人曾经试图在水里抓获它们,可是那些皮糙肉厚的家伙仿佛从湖里消失了一般,连个影儿也没找着。

他们觉得可能是营地的噪声吓跑了河马,意大利人决定到湖的南边去探探险,看看在那些更荒僻的地方能否抓到它们。

为此卡萨诺瓦下令使用他们曾经在尼罗河畔用过的老方法,由塔克鲁里人协助。在俾格米人的头目和他手下的陪同下,意大利人和苏丹人在湖边登上小船去寻找河马的踪迹。他们按照河马活动的常规路线找下去。

他们在一块有点空地的岸边下了船,然后就被茂密植被的浓浓绿色包围了。

探险队发现了一个体型笨重的动物的脚印,然而,它显然不属于一头河马。

"也不是大象,老爷[1]。"赛佩尔边检查着地上的痕迹边说。

卡萨诺瓦看着那些脚印,感到非常不安。他从来没有见过类似的脚印。无论是他还是那些土著都不敢想象这是什么动物留下的痕迹。唯一可以肯定的是这是一头食草类动物,因为食肉类动物是不会长有蹄甲的。

卡萨诺瓦把俾格米人的头目叫过来,他正走在探险队的后面。

---

[1] 原文为阿拉伯语。

那个土著头领过来了,后面跟着他的人,所有的人都因为有份参与捕猎而兴奋不已。头领刚一看到那个脚印,就吓得倒退了一步。尽管他肤色黝黑,卡萨诺瓦还是看出来他的脸色吓得发白。其他的小个子们也都吓得退后了。

赛佩尔开始用方言叽里咕噜地问发生了什么事情。卡萨诺瓦站在原地无法动弹。

"魔克拉-姆边贝。"俾格米头领带着面对恶魔般的恐惧神情嘟哝着。

"他说什么?"卡萨诺瓦问道,他的愤怒就快爆发了。

"魔克拉-姆边贝。"随着这名字的重复,那些俾格米人都向小船奔逃而去。他们的头领努力地又重复了一遍这个名字,然后跟在他们后面跑了。他们再也没有出现过。

"赛佩尔,我想要那个动物。"卡萨诺瓦低声说道。苏丹人用阿拉伯语发出了命令,他的手下就开始行动了。

他们在地上挖了个很深的陷阱,用草叶盖上。他们很了解,在陆地上时,河马的幼仔总是走在妈妈的前面。而当妈妈看到它的孩子被大地吞没的时候,会惊恐万状地奔向完全相反的方向。

陷阱准备完毕,他们就离开了,打算第二天再来。他们回到船上,启程返回营地,被酷热和蚊虫折磨得已经昏头涨脑了。

夜里,正当赛佩尔和卡萨诺瓦一起喝着孟科优酒的时候,听到远处一声哀嚎撕裂了夜晚的宁静。

"掉进去了。"赛佩尔说。

卡萨诺瓦喝了一大口酒,没回答。这种饮料有种令人作呕的味道,会在上颚留下一股苦涩的感觉。可是也没别的可喝的。

整个晚上,那动物的哀鸣不断地传到营地。卡萨诺瓦无法入睡。他从来没有听见过这样的叫声。好像一位母亲在哭她死去的儿子。

天一亮,他们笼罩在不安的情绪下去找他们的猎物。他们看到大坑附近有新鲜的踩踏痕迹;附近并没有河马的脚印。

从陷阱深处传来的那动物的哀嚎越来越低沉了。意大利人想,这是哭喊了几个小时之后的孩子的啜泣。

"把它弄出来。"他下了命令,却没敢朝坑里看一眼。那哀嚎声中有什么东西使他感到一种与他的猎手职业格格不入的不安。难道是恐惧?

一个土著人朝坑里探了探头,马上吓得退回来,满脸惊恐。

"什么鬼东西?……"意大利人走到坑边,他看到的东西使他脱口喊道,"他妈的圣母!"

在坑底深处,两只爬行动物的眼睛正哀求地看着他。它们被插进一个类似蛇头的尖脑袋上,而体积却有马头那么大。这个尖脑袋被一根长长的脖子支撑着,另一端连着好似大象的荒唐躯干,而尾巴却又像是鳄鱼的。

随着心脏的跳动,一下、两下、五下、十五下,罗伦佐·卡萨诺瓦听着那头怪兽的哀鸣而僵住了。当他终于从恍惚中挣扎出来,看到他的猎手们都带着同他一样的迷醉在盯着那动物。

"这是什么鬼东西?"他问赛佩尔,尽管他知道他的咒骂在穆斯林们听来有多么冒犯。

"我只知道这不是一头河马,老爷。"

大家小心地把麻绳顺到下面绕住那只怪兽庞大的身体。它不安地转来转去,发出垂死般的尖叫,几乎使猎手们的血液都冻结了。

十八个人一起努力终于把那个大家伙抬了出来。在阳光下,大家可以看到,它的皮肤看起来应该很软。卡萨诺瓦一声令下,赛佩尔把一只装满格洛格酒的小锅伸到了怪兽的鼻子下面,那是一种用朗姆酒和糖调配的药剂。这种混合物一般被用来使不老实的大象平静下来。怪兽不安地喝了下去,没几分钟它就陷入了昏睡。

正当大家把怪兽往船上拖的时候,从密林里突然传来一声咆哮,这愤怒的吼叫如炸雷般在丛林中回荡。

"咱们快离开这儿。"卡萨诺瓦下了命令。他实在不必强调这个,大家都急着赶紧逃跑呢。

就在他们快把猎物完全拖上船的时候,从密林里又传来一声咆哮。

"赛佩尔,卡宾枪。"

摩尔人遵命。他开始紧张地往枪里装火药,同时其他人更努力地把他们的猎物弄到船上。他没能装完火药。

大地在颤抖,仿佛有一群大象奔跑着向他们发起进攻。

恐惧迅速传染了每一个人。猎手们飞快地爬到船上全速划起桨来。在恐慌之中,卡萨诺瓦试图喊他们把猎物捆好。然而想在那震耳欲聋的咆哮声中突显出他的声音是完全徒劳的。

他们刚刚驶离岸边几拃远,从树林里突然冒出一头来自地狱深处的怪兽,愤怒地朝船上猛冲过来。

## 东方故事（一）

### 东方某城　一八六四年

皮瑛最早的记忆是一位仆人每天早上端到他们房间里去的茉莉花茶的香味。

他们家位于这座城市的英租界里，孩子的房间在一座官邸的二楼。

官邸由一排排的楼房组成一个网，与另一片亭台楼阁成直角相连，围绕着一个中心花园。花园的中间砌出一座池塘，满池的锦鲤游来游去，水面上还漂浮着睡莲和灯芯草。

皮瑛的卧室紧挨着他父亲的房间。他父亲是个鳏夫，在一次悲伤的旅行中失去了他的太太。

对于这个孩子来说，关于母亲的记忆非常模糊，而父亲的样子也几乎就是个遥远的影子。他的教育全都仰仗老王。老王是从皮瑛的爷爷那会儿就被家里收留下来的，也承担过对他父亲的教育。

每天早上，仆人小宋就会卷起皮瑛房间的竹帘，这时候，几乎还是个小孩儿的少爷正在他的从布莱顿①运来的铜床上醒来。

之后,由小宋服侍他在一个大理石浴缸里洗个澡,边洗两个人边唱些传统歌谣,使整个清晨变得欢快起来。

黑绸裤子和长袍所用的料子跟他父亲的一样。穿戴整齐之后,皮瑛下楼到餐厅吃早饭。

在一张涂漆的黑木茶几旁坐定后,小宋给他端上一碗米饭、煮鸭蛋和荔枝。吃过之后,他到官邸的另一座楼里去听先生的课。

王先生,一位出生于大石乡小镇的老夫子,教孩子写作、书法、算术、天文等课程,还给他读《诗经》里的古诗,讲解孔孟之道。他的教育目的就是为了将来时机到来时,这孩子可以接替他父亲,在家族企业里独当一面。

跟他的父亲一样,皮瑛是个聪明过人的孩子。他在算术方面显得很早熟,似乎继承了他的祖先们的商业天分,却没有遗传他们常有的小心谨慎。

皮瑛的本性中有一种更像是上年纪的人才有的勃勃野心,使他的老师很是担忧,他惊恐地在这孩子身上看到了蛇一样的精明。

"你的能量就好像夏天的暴雨,小子。"在一次课间休息时,正

---

① 布莱顿,英国南部海滨城市。

在渐渐失明的老王对他说,"然而蛮力应该与智慧合一才能达到目的。反之,就会失败。"

下午是皮瑛的自由活动时间。他可以玩从香港带过来的英国玩具火车。小车在缩微山路和湖边奔跑。假山水玩具占了官邸里的一整间屋子。

当他觉得无聊时,他就会让小宋帮他扎纸风筝来放;或者偷偷地背着老王划一条危险的小划子去江上钓鱼。他父亲的仆人们平常划这条小船去附近的码头市场买东西。

然而,最让皮瑛着迷的事情则是在存放着家里收藏的艺术品的楼阁里流连:玉狮子,瓷瓶,绣着荷花的屏风,大量的写在宣纸上的书法作品,从房顶一直垂挂下来的纸扎的巨龙,还有无数的珍品,都是他的爷爷和父亲在各地做买卖的时候淘回来的。

在所有的收藏品中,最吸引男孩注意力的是三个象牙球,它们被放在一个有丝绒垫的玻璃罩子里。当皮瑛向他老师询问关于这些球的事情时,老先生总是巧妙地闪烁其词。

如果不是因为爆发了动乱,皮瑛平静的生活轨迹还会继续下去。起义开始后,他们的官邸是英租界内最先受到攻击的地方之一。

进攻是在凌晨爆发的。很多年之后,皮瑛都会记得一个震耳欲聋的响声是如何惊醒了他的好梦。一群暴民在混乱中一直攻到官邸的大门口,他父亲的仆人们在暴徒的进攻中不堪一击,根本无法阻拦他们。

皮瑛从他的窗户里惊恐地看到房子被暴民点燃。几分钟之内,火焰就吞没了全部建筑。他被吓呆了,根本无法从他的屋子里逃脱。

接下来发生的事情在他的记忆中变得模糊了。有上楼来的脚步声。有从他父亲的房间里清楚地传来的一阵肉搏声。或许还有一声喊叫,是他父亲在被敌人砍死之前发出的最后声音。

对所发生事情的记忆重建都陷入雾一般的梦幻,皮瑛从未将幻想与事实分清楚。

他记得很清楚的唯一一件事是,一名暴徒挥舞着火把冲进了他的房间。显然,发现屋子里只有一个小孩使他大为惊讶。几秒钟之后,那个人点燃了墙上悬挂的丝毯。那一刻,皮瑛清楚地记得,之后的六十多年也一直记得:那个人从褴褛的衣服里拔出一把匕首,向皮瑛逼近,眼睛里闪着残酷的凶光。

这时,王先生闯了进来,来救他的爱徒。

老王跟那个暴徒搏斗起来。皮瑛惊讶地看到这位老眼昏花的老师竟然是位骁勇之士,他为了救他的学生,打起架来就像一头猛虎。

不过,那场较量的结局在这位学生的记忆中也模糊了。接下来他能想得起来的是逃亡,深夜,顺着河水:王先生划着那条小宋带他去钓鱼的筏子。

皮瑛永远不会忘记的是他的老师在快到码头时对他下的命令。老人俯身在一个装有那三枚神秘象牙球的丝绒袋上。

"这是咱们最后的秘密。无论发生什么事情,你都必须用你的性命来保护它。"王先生转身向后看去,远处,吞噬官邸的大火腾空而起,形成一根火柱。

有几分钟的时间,王先生似乎沉浸在他的回忆里,而皮瑛抚摸着那些大珠子的柔滑的表面。当老人从沉思中回过神来后,又接着说道:

"你父亲和你爷爷树敌众多。我早知道会有这样的结果。"

老人注意到了皮瑛迷惑的表情。

"到时候你就会明白的。"

皮瑛后来的记忆都混入那一夜的黑暗之中了,加上老王在江上的小船里痛哭的身影。

当暴徒们第二天码头上寻找一个小孩和一个老头的时候,没有人能够向他们提供线索。

一个抽大烟的苦力①躺在码头上，嚷嚷着坚持说他头天晚上看到他们了，说他们上了一艘开往美国的船，可是没人在意他的话。

从此这座城市里再没有人听说过他们的消息。

---

① 此处原文为拼音。

## 关于动物和人：
## 卡尔·哈根贝克日记中的未发表页
### 埃及亚历山大港　一八七〇年

我们还没从船上下来，鼻子里就充满了港口的那种臭味。一股令人作呕的味道，混合着腐烂物和油脂，像一层黏腻的雾气笼罩着苏伊士运河。

我们是被罗伦佐紧急电召而来的，他是我们的一位动物捕猎代理人，是我们在非洲的心腹。

不到两个星期之前，一封简洁的电报送到了我们在斯特林根的动物园，请求紧急援助。我们的代理人已经卧床了，不幸感染上了热带病毒，在苏伊士河的某个港口。他去刚果捕猎来的动物只能听天由命了。我们的动物啊。

我们马上就赶来了。我将生意交给父亲打理，和最小的弟弟迪特里希拿着信用卡踏上了前往埃及北岸的旅途。

由于普法战争打得正酣，通往非洲北部的道路都中断了，我们必须绕过整个地中海才能到达埃及北部海岸，再经过运河才能见到红海。

仿佛还嫌之前的这些都不够复杂似的，当地正逐渐加大的宗教张力更是可怕，穆斯林起义者们，以马赫迪·穆罕默德为首，随时等待他一声令下，就会将他们所见之非洲土地上的基督徒统统砍头。

这就是那天中午迎接我们的景象。一上岸，我们就到苏伊士旅馆登记入住下来。迪特里希和我没有多耽搁时间，只是简单收拾一下，就到那些迷宫般的小胡同里去找我们的东西了。

找到那些动物并不难。想要在喧闹的港口地区藏起一群山羊、羚羊、狮子、鸵鸟、猴子、大象什么的是不可能的。我们很快就找到了卡萨诺瓦用来庇护那些动物的仓库。

庇护不是一个合适的动词，这个肮脏的意大利人只是把我们的动物关在一起，挤成一团。浓烈的粪便味儿飘到了几条街以外。而动物的吼叫嘶鸣甚至从的黎波里都能听到。

寻获动物的喜悦被现场杂乱无序的惨状所淹没。鸵鸟和獾貔狓四处乱转。猿猴从笼子里跑出来，在一片令人发疯的尖叫声中互相投掷腐烂的果皮。狮子笼有几星期没打扫了。两只生病的大象躺在他们自己的排泄物里。

"意大利佬在哪里?"我们向那片混乱中出现的第一个人打听,那是个有着橄榄色皮肤的埃及胖子。

那野人一个文明的词儿也不会说。他一边打着手势一边说着阿拉伯语,对我们惶惑不安的面孔没任何反应。

看到我们无法听懂他嗓子眼儿里冒出的声音,他让我们跟着他到后面的店里去。

在那里,卡萨诺瓦躺在一张破床上,被疟疾折磨得形容憔悴,蜷成一团,汗流浃背,旁边有另一个摩尔人不断为他擦拭流血的脓疮,然而这些照料看起来并没有减轻他的痛苦。

"哈根贝克先生,上帝保佑。"他用细若游丝的声音打着招呼。

"这儿出什么事了,卡萨诺瓦先生?这一切都是怎么回事?"

"您可不知道发生了什么事,老板。您根本想象不到我为了从刚果来到这儿遭了多大罪。我能活下来真是个奇迹。"

他的眼神呆滞,眼珠没有光泽,失去了神采。他一边说话一边流着口水,还吐着泡沫。

"我们只知道你将有大麻烦了,卡萨诺瓦。我们的动物都生病了。如果我们能把几只几内亚母鸡活着带到汉堡,就算是很走运了。"

"那不重要,该死的。"他第一次带着挑衅直视着我们。他还处于一种半癫狂的状态,语气使我们感到不安。"您看过电报了吗?"

"是……是的。"

"那您是知道有东西给您了。很特别的东西。"

他的电报是这么说的:"重大发现。速来苏伊士。死亡危险。"

"那个……发现是什么?"

卡萨诺瓦似乎振奋了起来,他从破床上坐起来。尽管有些发抖,但他的眼睛紧紧盯着我们。

"一只真正的利维坦①。白人所见过的最神奇的怪兽。"

卡萨诺瓦又躺倒了。他浑身是汗。我们怀疑他是否能撑到第二天的早晨。

他双目紧闭,呼吸声听起来像是睡得很不踏实,或是临死前的挣扎喘息。他用他的好像是最后一口气对他的手下说了句阿拉伯语。摩尔人中的一个,他叫他塞佩尔,也就是把我们带到这里来的那个人,走到我们身边,比划着让我们跟他走。

迪特里希和我并不清楚要去做什么,就跟着那人穿过那里的走廊。动物们对我们无动于衷,继续它们的狂欢。

那人把我们带到一扇木门前,他在他的长袍里翻找着钥匙。

---

① 利维坦,在《圣经》中是象征邪恶的一种海怪,恶魔的代名词。

他转动那个薄片打开门,闪到一旁,以便我们能够进到那个窝里。

简直是的,怎么可能呢?那里面的臭味更加令人忍无可忍!

在稻草和垃圾堆中,躺着一头半像蜥蜴半像厚皮类动物的巨兽,它艰难地喘息着。溃烂的皮肤已经发干。它的眼珠毫无光泽,冷冷地盯着我们。吹出的气息也是干巴巴的。它跟我们的猎人一样,也濒临死亡了。即便如此,它仍是一只令人毛骨悚然的巨兽。我们从来没有见过跟它一样的怪物。

我们回到意大利人身边。就这么短短几分钟,他的状态似乎更加糟糕了。

"不错吧?"他闭着眼睛问道。

"什么……不错?"

"您打算为这个样品付我多少钱?"

只是出于父亲的严格教育,我们才忍住了没在这个说胡话的垂死的人面前笑出来。

"我们觉得您没有条件跟我们谈生意,卡萨诺瓦先生。您连站都站不起来。"

"您别傻了,哈根贝克。钱不是给我的,我希望您把钱交给我在维也纳的老婆。我知道我熬不过今天晚上了。"

我没有回答。

"还有……更多的,在我们发现这个家伙的地方还有更多一样的,这是个小的,一个小崽儿。"

我们仔细地听着。

"一群。至少得有十二只。大家伙。一个人都能在一个这样的母兽留下的脚印坑里洗澡。"

"在哪儿?"我们用丝毫不显得激动的声音问道。

"您以为我这个意大利人有这么傻吗?哈根贝克?这才是我要卖给你的:在这样的动物身边,所有你知道的龙啊什么的动物都将失去光彩。几乎十头大象也没法跟一只这样的怪兽相提并论。"

我们在心里赞同他的观点。

"您想想那些马戏团,想想那些动物园。您可知道会有多少人挤在门口要进您的斯特林根动物园,就为了看这个大洪水暴发之前的令人心惊胆战的怪兽,看看被上帝和时间遗忘的这些动物?"

"在哪里?"我们又低声问道。卡萨诺瓦这么兴奋是在浪费他的最后几口气儿。

"十万马克。交给我老婆后,地图就是您的了。带着详细的坐标。"

我们本可以笑的,然而当时的情景下,我们根本无法笑出来。我们可以把那个小的以一百万美元的价格卖给福坡夫马戏团,把那个母的以十倍的价格卖给费·特·巴纳姆①的马戏团,可是卡萨诺瓦快死了。

"在哪里?!"克制力已经将我们抛弃。我们第一次打破了爸爸定下的黄金戒律:有礼走遍天下。已经没有时间讲优雅了。

"地图在这里。"他指了指他的脑袋。他的声音细若游丝。"给我纸和笔,我给你写出详细的坐标。"

迪特里希把他总是带在身上的笔记本递过去。可是他的手腕垂了下去,再也无法接住本子了。

"我可以想象出海报的样子……哈根贝克先生……闪光的、美妙的,写着大字:请看……诺亚没有带上方舟的……巨兽……"

之后,一切归于死寂。

那个苏丹人摸了摸他的脖子,没有任何脉动的迹象。他抬眼看着我们,摇了摇头。意大利人把秘密带进了坟墓。

我们丝毫没有耽搁地跑到关那头巨兽的地方。然而已经晚了,它已经跟着抓它来的人去了。

"怎么办?"我弟弟在一群动物的嘶鸣声中问我。一笔巨大的

---

① 费·特·巴纳姆(1810—1891),美国马戏团的创始人。1842 年在纽约开办美国博物馆,以奢侈的广告和怪异的展品而闻名。1871 年创办世界大马戏团,喜欢发掘和训练一些特殊的动物。

财富就像手里的水一样从指缝间流走了。

必须赶紧行动。我们有一船的动物需要运到汉堡，更好的是，这是一船免费的动物。卡萨诺瓦在匆忙奔向坟墓的时候忘了收取他的劳务费了。

我们想把那只巨兽带走。然而是不可能的了。它的尸体急剧地腐烂，而想在苏伊士找到一位好的制作动物标本的人也很困难。

我们命人把它烧掉。他们就在院子的中央，给它洒上沥青点着了火。我们把它烧得根本无法辨认，我们希望没有人知道它的存在。

尽管我们翻遍了卡萨诺瓦的遗物，却没有找到任何东西能够说明他是在哪个地方抓到那只"利维坦"的。

时间紧急。我们必须把那三十多只野兽装船。我们得把它们健康而平安地运到目的地。

我们会想出办法去找到那些刚果龙的。在接下来的年代里，它们注定会变成我们的"心魔"。

多年之后，为了给我们的驯狮表演寻求赞助，我们去美国拜访了费·特·巴纳姆先生，那时我们才知道了那些龙的学名。

## 魔鬼的脚印

### 阿拉斯加育空　一八九〇年

冰冷的风从树枝间吹过,就像锋利的刀子飞过一样。

亨利·土克曼趴在树上,紧握着来复枪的指关节发出嘎嘎的声音。他唯一能听到的声音是随着心跳冲击着太阳穴的血流的轰鸣。

眼前,紧紧包围着他的密林昏暗得使他感觉如临深渊。

砰!大地上传来一下难以觉察的颤动,震得土克曼趴着等待猎物的那棵树轻轻摇晃了一下。

砰!又一下,更强烈了。

土克曼额头上满是汗水,转头望向树下的灌木丛,在枝条间寻找他的印第安向导保罗的身影。保罗从育空堡陪着他沿着魔鬼脚印谷[①]一直顺河而上。但是保罗双眼直视前方,两只手紧紧地握

---

[①] 育空地区位于加拿大西北边陲,约十分之一位于北极圈内,气候严寒。坐落在育空西南部圣艾利雅斯山脉的克劳恩国家公园,被联合国教科文组织确立为世界自然文化遗产,园区内的洛根山为加拿大最高峰。育空地区的特色是拥有大量野生动物和连绵不绝的大自然风光,是北美唯一有公路可以通向北极地区的省份。

着他的李-梅特福步枪，跟土克曼手里的那杆一模一样。

砰！

在两位猎人眼前，连绵不绝的松树与灌木丛好像一队队的巨人，随时准备上前将这两个胆敢闯入这块处女地的妄为之徒碾成肉饼。

"这可能是笔好买卖，因为这个家伙是独一无二的。"三个月之前，土克曼曾经对这个印第安人说过。当时他们在育空堡的一家酒馆里，面前摆着两杯玉米酒。这个英国人到那里寻找生财之道，在印第安人的胡言乱语里找到了它。

"你疯了，白种人，根本没有什么怪兽。"保罗不相信，他边回答边抬手干了杯中酒。

"不是怪兽。是猛犸，一种多毛的大象。"

这回保罗表示讽刺地挑了挑眉毛。其他桌上的猎人们都在安静地喝着酒，在那个世界尽头彼岸的人都认识他。

"一只史前动物？在育空？"保罗是印第安女人和苏格兰拓荒者的后代，以理性为人称道。他很排斥他的种族所特有的一套迷信。

"那个叫乔的印第安人对我发誓说是真的。我曾经用一本儿童书教他认字。"

"然后呢?"

然后乔一看到书里的非洲象的插图就激动地跳了起来。土克曼趴在一棵三十米高的松树上回想道。他的眼睛盯着前方,一阵阵巨型动物的脚步声好像是松树的心跳传到上面。

那次,乔告诉了土克曼他多年前是如何在他儿子的陪伴下来到魔鬼脚印谷的。他含着眼泪讲述着在好奇心的驱使下,他跟他的长子松泰沿着育空河的河床一路向北,一直走到比地图上所画的还远的地方。他还讲到几天之后他们如何找到了一片人迹未至的谷地,里面长满了参天松树,都有二十多米高。他们觉得正是一个适合狩猎熊与河狸的好地方。在那儿父子俩发现了一种巨大的脚印,是他们都不曾见过的,既不是熊的,也不是河狸的。他们已经发现了Tee-Kai-Koa的地盘,当乔还是个孩子的时候听老人们低声说起过这种野兽。他还说,他们很快发现了一只这样的动物在清澈的湖边喝水。那家伙大得简直就是一座肉山,浑身长长的棕色毛发直垂到身体两侧。支撑着身体的四只蹄子好像实心的杉木做的,随着这样一只丛林巨兽一起移动时看起来非常好笑。松泰是初生牛犊不怕虎,举起他的温彻斯特来复枪,朝那家伙开了一枪。子弹消失在茂密的毛发中,好像一只蚊子落到了草堆里。那头巨兽发出一声雷鸣般的吼叫,朝他们猛冲过来,每一步都震得大地颤动不已。乔和松泰惊慌失措,飞奔着逃离而去。几个小时之后,Tee-Kai-Koa的吼叫声已经消失在远处,它的奔驰也不再晃动大地了,他们俩还不敢回头看上一眼呢。

乔陷入了他的思绪中,悲伤地回忆着他死去的儿子松泰。土克曼没能从他那里得到更多的信息。可是老人警告他不要去寻找Tee-Kai-Koa。不过晚了,贪婪的种子已经在这个英国人的心里生根发芽了。

土克曼知道凭借一己之力是不可能抓到这样一只类似猛犸象的巨兽的,所以他去找保罗帮忙,他是当地最出名的土著向导了。

"你疯了吗?"这个印第安人问他。他还是不相信同为印第安人的乔所讲的故事。

"你听过乔说谎吗?"

这倒是真的。

两杯玉米酒下肚后,保罗又问:"就算我跟你去,咱们怎么才能抓住这样的一只野兽呢?"

砰!砰!在地上,他们为了引诱怪兽而点燃的火堆安静地燃烧着,对脚步声引起的大地有节奏的颤动无动于衷。他们做对了,看到树冠上冒出的烟雾,Tee-Kai-Koa就急忙赶来了,它知道火是唯一能够破坏它的地盘的东西。

自从这两位印第安人和白人到达魔鬼脚印谷之后,根据乔的故事中的线索,他们曾经找到过猛犸象的足迹。甚至在某些夜晚,它的嚎叫声都传到了他们在密林中间搭建的帐篷里。然而,他们一直没有亲眼见到它。

直到此刻。

砰!砰!远远地,土克曼能够看到一些树冠为了给某个正在靠近的庞然大物让路而分开。他感到背上冒出一股冷汗。一种原始的恐惧。他吓得差点喊出声来。

**砰砰砰**!脚步声加大了频率**砰砰砰**也加大了强度**砰砰砰**两只琥珀色的眼睛在树叶间射出愤怒的光**砰砰砰**土克曼曾经想过逃跑**砰砰砰**仅仅是保罗的坚忍使他留在原地。"数到三开火!"印第安人从他的树上喊道。"一!"**砰砰砰**土克曼无法听到二也没听到三**砰砰砰**两只象牙在树林间伸了出来,子弹的噼啪声跟脚步的轰鸣声混在一起**砰砰砰**怪兽受惊后的深沉的哀嚎**砰砰砰**将在这两个猎手余生中的噩梦里回荡不绝。

## 伊诺霍萨-史密斯博士牌神奇药水

### 墨西哥马萨特兰 一九二三年

"先生,上午感到倦怠吗?有慢性疲劳吗?有口臭、胃酸、膝盖痛风吗?太太,为憋气所苦吗?您的腿上有没有像地图一样的静脉曲张?有没有肚子疼和头疼?感到恶心和不适吗?年轻人,年轻人,晨起时口苦吗?新婚之夜缺乏自信吗?在卧室里力不从心吗?小姐,鸡眼在折磨您美丽的双脚吗?紧张焦虑吗?意外呕吐吗?膝盖疼痛吗?您最美好的情感驻扎的心灵感到心慌吗?先生,爬楼梯后筋疲力尽吗?大量出汗吗?夜里冷得发抖吗?小朋友,每天早起时牙齿打颤吗?双手经常被冷汗湿透吗?容易感冒和积食吗?不必着急。我这里有一个解决办法,适用于您和您的家庭。是的,女士们先生们,帅哥靓女们,男女小朋友们,识货的行家们。我来到这里,来到这座美丽城市的广场,为大家带来一份特别的大礼。就是这样,女士们先生们!作为一份大礼,一种促销,优质的产品就在您的面前,就在这里,在这个周日的宁静午后,在这个沐浴在太平洋海水中的美丽港口，给您带来治疗折磨着大人孩子的所有病痛的良药，这种神奇的药剂将去除您的一切疼痛，就像用肥皂洗掉牛油果汁一样简单。这是真的，朋友们，在这个周日的平静的下午，当男人们为即将开始的一周的辛苦劳动做准备，而女人们忙着照顾丈夫孩子的时候，我们给诸位带来了伊诺霍萨-史密斯博士牌神奇药水，唯一的、独特的、著名的保健药水。正是这样，朋友们，我们的实验室的高级秘方成分里包含了中国的神奇植物人参、罂粟萃取物、香草，还有十二种具有强大治疗作用的秘密成分。伊诺霍萨-史密斯博士牌神奇药水采用琥珀色玻璃瓶包装，用蜡密封，以防止阳光的照射使它的宝贵成分发生化学反应。正如你们所听到的那样，漂亮的太太，优秀的先生！这一万能的灵丹妙药是由我们的药剂师在最严格的卫生规则下研制出来的。它的每一种成分都是在直接从德国运来的长颈卵形瓶中磨成细粉后，又在用波西米亚的最纯净的水晶制成的蛇形试管中提纯和蒸馏的，仅仅是为了在我们的蒸馏器上慢慢流淌的水滴中提取出它的神奇精华。因为诸位可要知道，一滴，几乎只是一滴这种神奇的药水，就能够神奇地治愈那些大大小小的病痛，那些衰弱的老年和稚嫩的幼年所特有的不适。这个药水非常有效，我向大家保证，还给那些服用它的人以二十年的青春活力。长期服用可以使那些磨损的组织慢慢回复年轻。如果给您的孩子在早餐前饮用一勺,会让他们成长得健康、有活力、小脸儿鼓嘟嘟、红扑扑的。诸位可能会想了:天啊,这种神奇药水一定要花一大笔钱吧。完全不是的,朋友们!为了一瓶伊诺霍萨-史密斯博士牌神奇药水,您无需从腰包里掏出五十个生太伏①,也用不着四十个,甚至也不用三十个。不,美丽的女士们,尊贵的先生们,这种灵丹妙药价值更多的钱,可是,它只卖二十五个生太伏,二十五个!任何人的钱包里都会有的。先生,您来一瓶、两瓶还是三瓶?太太,您买几瓶?我注意到了各位不是很感兴趣。诸位不知道你们正在错失一个天赐良机,亲爱的兄弟姐妹们。我向诸位保证在这个玻璃瓶里装着的良药,可以解决那些老年人长年遭受的病痛,可以预防那些年轻人可能会得上的疾病,请相信我这个朴实的推销员的话吧:咱们来做个试验。在这儿,就在诸位的眼前,我要证明这个伊诺霍萨-史密斯博士牌神奇药水绝妙的治愈功能。我来看看,嗯……你吧,小朋友,是的,就是你,箱子上的小孩儿,你叫什么名字?"

"艾瑞。"那孩子哼哼着回答。

"你多大了,孩子?"

---

① 生太伏,墨西哥钱币比索的百分之一,即一分钱。

"十岁。"那是个衣衫褴褛的小孩,样子很可怜。他的两条腿上缠着已经破损了的绷带,用一根棍子充当拐杖勉强支撑着身体。

"你得的什么病?"

"我天生一条腿比另一条细。"

"啊!这是小儿麻痹症的典型案例,女士们、先生们。告诉我,小家伙,你走路困难吗?"

"别嘲笑我了,老板。"

人群中传来压低的笑声,大家都注意听着他们的对话呢。

"一个动人的病例啊,朋友们。他连一些最基本的行动都无法做到,从理论上说这个孩子将终生忍受他的这个缺陷了。大家别笑。"推销员让一滴眼泪滑过他的面颊。"我的灵魂已经受到了触动,朋友。因为大家都知道,旅行推销员也是有良心的。为了卖这个神奇药水风尘仆仆,路上的贫困交加都不重要,走乡串镇忍饥挨饿也微不足道。你过来,孩子,来帮我向这里所有的人证明伊诺霍萨-史密斯博士牌神奇药水的惊人疗效。"

那孩子犹豫不决,有点害怕的样子。

"来吧,别怕,靠近一点,喝了这个神奇的琼浆。"男人说着,打开了一瓶他递过来的药水的瓶盖。孩子接过来,不相信地闻了闻。

"这东西闻起来像泻药!"

"喝了吧。"

"我不想喝!"

"是为你好。"

在这两个人的周围已经聚起了一小堆人。

"快喝了吧。"一位没了牙的老太太喊道。

"你喝呀。"一个没上班的装卸工叫嚷着。

几分钟后,人群齐声叫道:"喝吧,喝吧……"

孩子犹犹豫豫地拿起小瓶,转头看了一圈想寻找一个支持的眼神。但由于没有找到,他只好把小瓶举到嘴边,在大家的期待中喝光了里面的东西。

刚一喝完,他就一阵抽搐晕倒在地。

"杀人啦!"

"谋杀!"

"快叫警察!"

"等等,等等,效果可能要过几分钟才显现呢。"男人说,他显然很紧张。在一片紧张的气氛中,谁也没注意到他悄悄用脚尖扒拉了男孩一下。

就像被弹簧弹起来的似的,男孩一跃而起。

"啊哈哈!"他边尖叫着边向后翻了两个筋斗。

"奇迹啊,奇迹啊……"没牙的老太太喃喃道。

人群沉默地看着男孩连着跳了几次,然后跳过去亲男人的脸颊。

"您治好了我,您治好了我!"他带着喜悦的泪水喊道。然后他高兴地叫喊着朝堤坝那边跑走了。

所以的人都看着他瘦小的身影消失在码头那里。

"给我来两瓶。"装卸工打破了沉寂。

"我来三瓶。"老太太说道。

一会儿的工夫,大家开始抢购药水了。

"冷静点,大家冷静点,人人有份,人人有份……"

不到二十分钟,伊诺霍萨-史密斯博士牌神奇药水被抢购一空。大家急切地喝了下去,希望他们的宿疾能够被马上治愈。

"谢谢,非常感谢,女士们先生们,很高兴把这个产品带到这个美丽的港口。借过,借过……"

一位学校的老师鉴定出这个药水是玉米汁加香草汁合成的,还真是有些甜得发腻,然而在此之前,那个推销员已经无影无踪了。

几分钟之后,没牙的老太太依然遭受着风湿病的困扰。而装卸工也继续忍受着痔疮的折磨。

当第一个被骗的人意识到那被治愈的孩子长得跟卖药水的可疑地相似,而推销员又跟伊诺霍萨-史密斯博士牌神奇药水的药瓶标签上的照片一模一样的时候,所有上当受骗的人都痛苦地确信他们完全地落入了一个最古老的骗局。

叫警察来是没有用的。寻找骗子们的结果注定是徒劳的。

与此同时,一艘渡轮正开往位于柯尔特斯海对岸的拉帕斯,船上的罗兰多·伊诺霍萨-史密斯医生和艾瑞正在数着他们一天下来赚到的钱。

## 把他们活着带回来(一)

### 盖恩斯维尔得克萨斯　一八八九年

没有人知道他打哪儿来。他来到盖恩斯维尔,可是没有人看到他是骑马来的还是搭乘货车来的。在那个年头,谁都不会问太多的问题,而在这个得克萨斯和俄克拉何马之间连火车都不通的地方就问得更少了。

他是一位肤色黝黑的老人,衣服破旧,有着疯子一样的眼神和一顶多年前就变形了的帽子。任何人都会把他当成疯子,当成那些来自加利福尼亚的矿工中的一个,他们都被对淘金的狂热击垮了。

无论何时,这人都在盖恩斯维尔街头徘徊流浪,眼神迷茫,嘴里断断续续地冒出不连贯的胡话,还流着眼泪。

是霍华德·D·巴克先生和他的太太阿达最终收留了这个人。他们是一对善良的基督徒,看到这个人在林赛和勃格斯街拐角处的长老会教堂出口流浪,决定给他一个容身之地。

在他们的小儿子弗兰克的陪伴下,巴克夫妇将这人带回家里,让他洗了个澡,换上干净的衣服。之后,他们先感谢了上帝的恩惠,再共享了一顿简单的午餐。

一旦收拾干净,老人看起来就有点人样儿了。巴克先生帮他修剪了胡子,使他看起来至少年轻了十五岁。直到这时候,这家人才发现,在他乱糟糟的黑发下面,还有着一张看起来很可亲的脸,甚至可以说得上是英俊。

他蓝色的眼睛透露出一种可怕的天真,显得比孩子的眼睛还要单纯。

吃完烤猪排配玉米饼的午餐后,巴克先生开始往他的烟斗里装上金黄色的烟丝,阿达和孩子在收拾桌子。

"那么,您说您是从哪里来的……先生?"

他说他叫史密斯,萨姆·史密斯,"从落基山来的。"

"嗬,"巴克先生边用火柴点着烟斗边咕哝了一声。"是什么把您带到这个上帝的卑微角落呢?"

史密斯快速地吐出一连串模糊不清又断断续续的话。他说他曾经在加利福尼亚的矿上干活,也曾经在科罗拉多的沙漠里采过矿。

"不过除此之外,我的先生,您可要知道,我这个微不足道的矿工还曾经做过猎人呢。"

小弗兰克的眼睛亮了起来,以他五岁的年纪,打猎类的故事很让他着迷。

"那您都打些什么呢？史密斯先生？"巴克爸爸问道，随着每一个字出口，嘴里都冒出烟雾。

"化石。"老人骄傲地说。

"对不起。我不记得听说过有叫这个名字的动物。"

"不是动物，巴克先生……"

弗兰克的表情充满了沮丧。

"……是动物的骨头。"

"骨头？"爸爸笑了。"就像我们刚啃完的那样的吗？史密斯先生，您是为了狗去打猎的吧？"

"您没听明白我的话，巴克先生。我所猎取的是一些很特别的动物的骨头。"

只有在那个时候，萨姆·史密斯的表情看起来才恢复了一种聪明的光彩。他挺直了脊背，清了清嗓子，开始讲述他的故事。

我知道我要讲的事情会使你们感到很惊奇，这对于我们这样的乡下粗人来说是很难理解的。

很多年以前，比您和我能数得过来的时光还早得多的时候，在我们的曾曾曾祖父出生之前，或许也在亚当和夏娃出现之前，整个世界是被一种叫做恐龙的野兽统治着的。

恐龙是一种……我怎么跟您说呢？您想象一下爬行动物和大象组合起来的样子。不，巴克先生，您别用那样的眼神看我。我以我母亲的神圣名义向您起誓，我绝对没有说谎。不，您从来没有见过恐龙，因为它们都灭绝了。为了什么原因呢？我不知道！就连那些大学者也不是很清楚！

您会发现，研究不是我的强项，但的确是科普教授的专长，我就是跟着他干活的。您从没听说过他？爱德华·德林克·科普①，伟大的自然科学家，国家地质学会成员。没有？那么他的对手奥塞内尔·马什呢？科学院的主席？好吧，因为他们都是大学里的大人物，很少有机会跟我们这样的人碰上。

我是在橘堡认识科普教授的，在那地方以怀俄明州的名字为人熟知之前，我在那里当向导。当他向我解释我们要做的事情时，我简直不敢相信。那就是挖骨头，是的，他就是这么说的，巴克先生，就好像我们是些可恶的狗一样。请您原谅我的粗话，巴克先生。于是教授先生向我们解释说，那不是普通的骨头，而是很古老

---

① 爱德华·德林克·科普(1840—1897)，美国古生物学家及比较解剖学家。科普专注于美国的脊椎动物化石研究，他在一生中发掘了超过一千个新物种，其中包括已灭绝动物。共有56种恐龙由科普所发现。19世纪末，他曾经与另一位脊椎动物古生物学家、恐龙研究者奥塞内尔·马什(1831—1899)进行一场"骨头大战"，对新化石的发现展开竞争。两人在这段期间发现了超过120个恐龙物种。

的骨骼,是属于很久以前就已经灭绝的动物的。

这话应该是有些真的成分,因为看看那些我们挖出来的大骨头的体积就足够了,而且它们出土的时候都已经变成石头了。也有不合格的。它们出土的时候并非总是完整的,大部分时候我们只能挖到它们的胸腔骨骼或是一条腿骨。科普教授用火车把它们都运到大学去,在那里会有人把它们组装起来。

糟糕的是科普教授跟马什教授根本不能见面,连照片都不能看见。听说他们在欧洲的时候就认识了。他们总是互相说对方的坏话,一有机会就给对方使坏。

比如说有一次,马什教授比较有钱嘛,就买了开发权要开采一块土地,而我和科普教授正在那里挖掘呢,他们就把我们从那里赶出来了。不过,我要给您讲的不是这些,巴克先生。您问我原来一直干什么。看我都说到哪儿去了。我这就回答您。

只消看上一眼那些骨头就足以令人的血液冻结。有一次我们挖到的是头骨,他们是这么说的,看起来像个马头,可是却有着长长的像刀子一样的牙齿。我没说瞎话,巴克先生,我向您发誓!而且我也不是想在这里吓唬小弗兰克,我原来最终想的事情就是希望能够碰上一次那样的怪物。

有一次,我问科普教授,这类怪物中是否还有一些在附近转悠呢。他笑了,像对小孩子解释东西那样(不是有意冒犯你,小弗兰克)告诉我没有,还说那种动物在很久以前,在我们任何人能够想得出的时间之前就从世界上消失了,说它们只剩下化石了,他就是这么说的。

可是这些话不能使我平静下来!他怎么知道我们的上帝在把它们都召去的时候是不是忘了哪个呢?

天黑之后,我们这些干活的都围坐在营地的篝火旁边,我们就希望教授赶紧睡着,然后我们就可以转圈传着喝一瓶波旁酒①(教授不让我们喝,因为他是贵格会教徒),这样可以分担我们的恐惧。

一个那样的夜晚,我们在蒙大拿的恶虎城,坐得屁股都冻僵了,请您原谅,巴克太太,只有路易斯·科恩和我还没睡。

黑暗中,只有火焰诡异的舞动发出点亮光,科恩就着瓶嘴喝了一大口,然后紧紧地盯着我。"那种动物还存在着。"他对我说,脸扭曲成鬼一样的怪异。

他又喝了一口,我试图作出没听到他所说的话的样子。他继续讲了下去。几年前,大概三四年吧,他跟几个人在其中一个朋友的妈妈家的粮仓里喝酒。欧列瑞家。玩扑克牌,尽量不让詹姆斯的父母听到声音。"该死的詹姆斯。"他说。请原谅我的粗鲁,巴克

---

① 波旁威士忌酒,一种主要用玉米酿制成的美国威士忌酒,原产于肯塔基州的波旁地区,故名。

太太,他就是这么说的。

他们正喝着呢,又来了一个小伙子,丹尼尔·苏利文。他赶着一头用毯子蒙着的牛来的。他对大家说:"哥儿几个,你们不会相信我带什么到这儿来了。"可是大家都醉得厉害,没人搭理他。何况他还有个爱撒谎的恶名。"我掷骰子从那个在范布伦街开洗衣店的中国人那里赢来的东西肯定会吓你们一跳。""那个老瞎子?"吉米·欧列瑞问道。"就是他。"苏利文回答。

我对科恩说的话连半个字都不信,纯属胡扯。如果不是因为恐惧使得他的脸都扭曲了,我会以为那不过是醉汉们乱编的故事。

当时的情形是,小伙子们都喝得烂醉了,就要求苏利文让他们骑一骑他的那头特别的牛。"你不会相信的,萨姆。"科恩对我说。"在那条毯子下面的根本不是什么牛,就是一只像这样的恐龙。活的。"

当时我想笑来着,巴克先生。我想让他别逗我了。可那个时候,他已经神思恍惚,完全沉浸在他的回忆里了。

"是绿色的。"他说。"皮肤上有鳞和长长的象牙,就像这些骨头上的一样,可是又有蝙蝠那样的翅膀。呼吸很困难,好像很紧张的样子。"

我吓得想把他从他的回忆中拽出来。但是没有用。远处,有一头狼在嗥叫,我的血液都凝固了。"我们当时不这么认为。"科恩接着说道。"那是一条童话故事中的龙。在那个时代我们根本不知道什么恐龙。我们开始撩拨它,就像我们有时候逗欧列瑞家的猪圈里的猪那样。苏利文让我们别惹它,那个中国老头曾经提醒他说那是一种很容易受惊的动物。可是我们没理会他。"

科恩,一个粗人,做在沙漠里采集骨头的艰难工作很老练,此时突然哭了起来。"那个怪物真的生气了。当时詹姆斯·欧列瑞打碎了一个瓶子来扎它的肋骨,想看看它的皮是不是像鳄鱼的一样坚硬。它干号一声,张开它的獠牙,我们都没能来得及反应……"

眼泪使他无法说话。我不知道怎么才能安慰他。"该死的詹姆斯,该死的詹姆斯。所有的一切都烧成灰了。"

他的啜泣声一点一点地低了下去,直到睡着了,把我一个人心惊胆战地留在黑暗里。那整个晚上我都没能睡着。

第二天,科恩装作丝毫不记得他所讲过的事情的样子。没有办法套出余下的故事。我本来可以把这个故事放下了,巴克先生。要不是因为沃特森,另一个开采队里的小伙子告诉我说,路易斯·科恩的确在芝加哥大火[①]发生的地方待过。他好不容易捡了条

---

[①] 1871年10月8日21点45分,芝加哥的星期天夜晚,一头倔强的奶牛踢翻了放在草堆上的油灯,大火烧了几天几夜,把市区10平方公里的地区统统烧毁,伤亡惨重,这就是美国历史上有名的芝加哥大火。火灾几乎摧毁了当时美国发展最快的城市,据官方统计,这次大火使10万人无家可归,300人丧命,死伤牲畜不计其数,间接损失无法估算。

命，但是他从来不提这回事。

萨姆·史密斯在巴克妈妈端给他的咖啡杯里喝了一大口，眼睛望向虚空喘着气。他静默了一会儿。家里没有人敢说话，直到他自己打破了沉寂。

"已经过去几乎二十年了。我从科普教授那边辞了工作，加入了马什教授的小组。完全不一样了，马什教授打老远就看得出来不是科普那样的好人。可是他的钱多得多，就这样他也不给我们按时发工钱。年头不济了，政府不再资助地质考察了。科普破产了，马什退休去教书了。但是我忘不了在恶虎城那天晚上路易斯·科恩的眼神。您问我是干什么的，巴克先生，我就在找那些怪物，它们肯定藏在什么地方呢。要找到它们，谁把它们展示给世界，谁就会变得富有。富得流油。我就是干这个的。"

萨姆·史密斯无声地从桌旁站起身来。他嘟哝着感谢他们的仁慈，抓起他的帽子走进了夜色，消失在黑暗之中。

再没有人在盖恩斯维尔见过他。

可是，小巴克一直没有忘记那个故事。

## 尘土与鲜血

我们一路逃亡。向北，一直向北。直到我们到了佛蒙特，妈妈家住在那里。爸爸是个兽医。在我出生之前，他在西劳当了很多年的兽医。他在美国读书的时候认识了妈妈。她出生在佛蒙特。据说她的眼睛有着雨后的天空的颜色，而她的头发跟麦田是一个色调的。我没见过她，她在我出生的那一天死了。我参与了接生。西劳被占领了，只有我这一个医生。当时正值战争期间。桂儿①，我这样称呼我的妻子，艾瑞的妈妈，已经怀孕九个月了。没有办法从镇里出去。我曾经想过把她带到瓜纳华托去，可是路上太危险了。我爷爷是镇里的法官。他把他所有的孩子都送到美国去读书了。我的阿丰索叔叔是医生，小叔叔是土木工程师，哈维尔叔叔是律师。我爸爸想成为兽医。他被送到得克萨斯州安东尼奥市的一所学校。我妈妈在那里工作。桂儿·史密斯。据说他对她一见倾

---

① 根据原文音译，是墨西哥人对金发碧眼的白种人的俗称。

心,而她也对这个有着纤细的双手、举止优雅的黑发小伙儿产生了同样的感觉。尽管他说话有着浓重的墨西哥口音,跟他的翩翩风姿很不协调。他对妈妈说:"我啊爱你。"她回答说:"我亦爱你。"①

伊诺霍萨家族来自西班牙的阿斯图里亚斯,时间太久了,谁都不记得具体是哪里。爸爸有二十二个兄弟姐妹,其中只有十二个长大成人。桂儿是我上学的那所学校的实验员。一位端庄的小姐。她家里人是北方农民,在美国的另一头,几乎与加拿大交界的地方。她被送到她的一位老处女姑姑那里,她爸爸的这位姐姐是圣道大学②的老师,那是一所女子寄宿学校。她通过她姑姑的关系进了那所学校。由于她们不是富人,她一直得靠奖学金学习,直到她当了护士。不久之后,她就在兽医学校找到了工作,做实验室的负责人。她说她喜欢动物。我最初的记忆就是环绕着伊诺霍萨家的群山的绿色。"从前,你眼睛所能看到的地方都是我们的。"我爷爷眼睛里充满眷恋地对我说。我们的土地一直延伸到哪里?我问他。他回答我说一直到我目力所及的地方。我记得的第二件事是一个联邦士兵的尸体被吊在镇里的大广场上。成群的苍蝇围着他的脑袋嗡嗡地飞着,他的两只脚慢慢地从一边晃到另一边。爸爸的独

---

① 原文中,小伙子使用带口音的英语,而女孩使用带口音的西班牙语。
② 圣道大学,位于美国得克萨斯州圣安东尼奥市。

身姐妹,罗莎里奥姑妈和佩帕姑妈说我是在榴弹炮的轰炸声和卡宾枪声中睡觉的。自从妈妈死后,爸爸就不干兽医了。据说他迷上了喝酒。他总是醉倒在西劳唯一的小酒馆里。那段时间里,我的爷爷奶奶照顾我,直到有一次,我爷爷再也受不了他酗酒了,他直奔小酒馆对他说:"你看,我的儿,如果你继续像个酒鬼一样滥喝,你很快就要追随你的桂儿去坟墓了,然后你的宝宝就会被悲伤要了命去,因为他的奶奶和我都老了,我们很快就要完蛋了。只不过你不是因为上帝的意志而死,而是因为自己放浪形骸而死的。"从那天起,爸爸戒酒了。我是学院里唯一的留学生。到那里读书的墨西哥人并不多见。我相信我是第一个。所有那些小美国佬都喜欢欺负我,给我捣乱。特别是一个叫汤普森的家伙,他也爱上了桂儿。他是田径和马术的双料冠军,是富有的农场主的儿子。他们家是从北方过来的那批人,他们占了原来属于墨西哥的地方,然后发了财。他对于当众羞辱我从不含糊,朝我投掷解剖针和锋利的手术刀,把咖啡倒在我的作业上,在我的课桌里装满粪便。他总是向桂儿献殷勤,而她总是温和地表示拒绝。我呢,几乎都不敢承受她清澈的蓝色目光。有一次在她面前,汤普森为了逗别人开心,朝我的肚子打了一拳。所有的人都因为他的幽默举动而哄笑起来,只有她没笑,还扇了汤普森一个耳光。她一直走到我蜷缩的地方,蹲下来用西班牙语对我说:"别泄气,伊诺霍萨先生。"从我一出生,他们就让我跟我的表兄弟一起玩。我没享受到任何优待,很快就挨上了大孩子们的打。我们还一起帮爷爷照料农场里的牲口。其他孩子都喜欢给奶牛挤奶或是给猪洗澡,而我更喜欢跟我爸爸一起忙活他的兽医的活儿。据说他在我这个年纪的时候就是把好手了。我记得有一次,城里被维亚的军队占领了,为了让他们安静下来,爷爷让他们斗了几只小牛,然后再拿去烤着吃掉。当游戏结束,最后一只动物从那个上校面前被拖走后,我跟随爸爸到了他分解小牛的地方。我很惊奇地看着他熟练得就像是在拆解一个我的罗克表哥最喜欢的拼图游戏一样。只不过这个拼图游戏是由肉和下水组成的。接下来的周一我到了学校,汤普森和他的朋友们在那里。我很害怕地走过去对他说:"您看,汤普森,我不希望在您和我之间有任何的麻烦,可是如果您坚持要惹我的话,那我就要看看是否该给您点颜色了。"而他笑着回答说:"瞧瞧我们这里吧。一个软蛋突然变得勇敢了!"他开始抽打我的脸。所有的人都在笑:道格森,休伯特,康奈利,还有伊文思。如果不是看到桂儿·史密斯远远地走了过来,我就会再一次忍受这个新的羞辱了。我想起了她蹲下来对我说那句话时的脸庞:"别泄气。"一瞬间,一股莫名的勇气涌了上来。我一直无法清晰地记起到底发生了什么,我只记得几秒钟之后,汤普森血流满面地倒在地上,哭着哀求我别再打他了,而他的朋友们都在旁边惊恐地看着我。当一切过去之后,桂儿·史密斯跑过来,抱住我,在我的脸上亲了一下。在那些寒冷的夜里,当她的离去使我心如刀绞的时候,这个吻依然能够给我安慰。爸爸去其他的农场出诊,给那些牛、羊、猪、鸡什么的看病。他是整个地区唯一的兽医。我总是陪着他去。他对穷人和富人一视同仁。在穷人的家里他从不收钱,人家给什么他就收下什么。有时候是一个鸡蛋卷饼,用的鸡蛋就是他刚刚医治好的鸡下的,有时候是新鲜的奶酪和烤玉米棒子。他从不接受烧酒,这是在那些农民的家里总是会有的东西。他总是对他们说:"烧酒会让你们的灵魂中毒,混蛋,会烧掉你们的大脑,你们本来就没什么脑子。"然后,他会请我原谅他说了粗话,他解释说:"这是唯一能够让他们明白我的意思的说法。"在富人的庄园里,情形就完全不同了。他收费很高而且只收金比索。从三四岁的时候起,我就发现我能跟动物们交流。当它们不舒服的时候我能明白是为什么。我知道是胃还是腰子。爸爸看到了我的异禀,也接受了,但是他并不觉得有什么可高兴的,他觉得有点邪门。很多次我都帮助他做出快速的诊断。当我们要离开的时候,那些动物总是用它们的方式向我们表示感谢,感谢我们去除了它们的痛苦。"没什么。"我用我们的语言对它们说。桂儿的姑妈对于我们要结婚的事狂怒不已。我去了她位于多洛罗萨街与德威尔道拐角的家里,那里靠近河边。我去是为了让这位老清教徒接受我,她从未对我露出过一丝微笑。我的亮闪闪的兽医头衔和我的故乡都没有对她产生影响。我家在那条美国佬称之为格兰德河而我们都知道它叫布拉沃的河的南边。家里的一位牧师朋友的斡旋也没能帮助软化她的心肠。"我很抱歉,伊诺霍萨先生。"这个老女人对我说,语气里没有丝毫的感情色彩。"从打仗的时候开始,墨西哥人可一直是我们的敌人。你记得阿拉莫之战①吗?好吧,我记得。"谈话就这样结束了。我绝望地往墨西哥发了封电报:"求婚遭拒。怎么办?"我往西劳的家里写的信已经让他们都了解了情况。那些信有时候要在路上走三个多月才会到达。两天后我父亲的回电到了。看了上面的话几乎使我晕倒:"抢走她。你是不是个男人?"当天晚上,我骑着马来到史密斯家,害怕得要命,结果看到桂儿在门廊里等我,她的怀里抱着来福枪,不多的一点东西捆扎成一个小包裹。"你怎么耽搁了这么久?"她一边

---

① 1836年3月,得克萨斯因为蓄奴问题宣布从墨西哥独立。墨西哥派兵镇压,双方于阿拉莫城激战13天,伤亡惨重。墨西哥占领阿拉莫城,将所有男性抵抗者处死,妇女、儿童得到赦免。三个星期后,以"记住阿拉莫"为战斗口号的得克萨斯军队在山姆·休斯敦的领导下取得决定性的胜利,使得克萨斯独立,后于1845年加入美利坚合众国。直到今天,阿拉莫之战依然被视为美国陆军历史上的神话,被美国人认为是自由意志下勇气和牺牲精神的象征。

上马来坐到我的身后一边问我。三天之后,我们在拉雷多越过了边境。如果她的姑妈试图寻找过她,那我们也永远无法得知了,因为不久后战争爆发,通往国外的交通线路全都中断了。我觉得她的姑妈也不大在乎桂儿。战争摧毁了伊诺霍萨家的庄园,大部分房屋被夷为平地。他们失去了大半的土地,不过至少家里的女人和孩子得以幸免。然而家散了。土地和钱并不是我爷爷被战争夺走的唯一的东西。我的两个伯父,阿丰索和吉列尔莫,在那些年被拉壮丁抓走了;而我爸爸被允许留在西劳,是因为他给一位被子弹打穿了颌骨的维亚军队的上校治好了伤。几年之后,当我又大了一点而爷爷更老了一点的时候,我每天下午都陪他到西劳火车站去看火车到来。他一直希望一旦战争结束,他的两个儿子中的某一个能回到家乡。我们再没有得到过吉列尔莫伯父的任何消息,他被卡兰萨的部队抓了壮丁,出了村子,就不知道开到哪里去了。战争就是地狱,只是靠着我父亲的特别好运,他称之为天意,我们才熬了过来。不过这好运也没能阻止我的两个哥哥被抓壮丁,两人分别在对立的两边部队作战。我没被抓去,而家里的女人也没有受到伤害,全靠了一次机缘巧合,艾瑞和他爷爷直到最后都一直觉得这是个奇迹。城里被占了。维亚的军队击退了联邦军的一次进攻,伤亡不大。我们把自己严严实实地关在农场的屋子里,听着从远处传来的已经减弱的战斗的声音。我们以为一切都完了,当清晰地听到枪声由远及近的时候,我们觉得那天晚上就会一了百了。恐惧笼罩着屋子里的每一个人。我们这些男人烦躁不安地开始数起子弹,却只发现我们连一次最小型的进攻都无法抵抗。马蹄声越来越近,我们都吓呆了,互相大眼瞪小眼的。当有人很礼貌地敲门询问是否有医生的时候,我们都惊讶极了。我们迟疑地开了门,看到他们带来了一位重伤员。"救救他,大夫,求求您了。"一位样子粗鲁的维亚的军官恳求道。伤员是个白人,个子很高。有一会儿我还很担心他就是维亚本人,直到桂儿开始用英语跟他交谈起来。然后她告诉我说:"这是个美国人。他的颌骨受伤严重,我们得赶快。"确实,一颗子弹打穿了他的颌骨。伤口很吓人。如果我们不抓紧,伤口就会感染,他会疼死的。"咱们动手吧。"我用我的蹩脚英语说道,我们在维亚士兵祈求的眼神注视下在厨房临时搭起一个摇摇晃晃的手术台。我们烧了水准备做热敷,撕开床单当纱布。因为没有麻醉剂,我让他们给他灌了一大口烧酒,在缝合伤口前我也用它来消毒。临近天亮的时候,那人在厨房的桌子上安静地睡着了。那时候我才知道他就是萨姆·德雷登,一个在维亚军队中作战的波兰犹太人,我们都叫他"勇武犹太人"。当时他是军中的关键人物,如果他死了,会极大地打击士气的。几个小时之后,他醒了,很疼,但是还活着。他用英语混杂着西班牙语感谢我和桂儿救了他,然后他立即下令让他的部下要尊重医生和他美丽的妻子家里的女人及财产。看着我的妻子微笑的样子,那一刻,我真的相信这是——正如我父亲所说的——一个上帝创造的真正的奇迹。然而,能赐予我们这么大的恩典的上帝怎么能如此残忍?就在几个月之后,他将我的爱人从我身边夺走,使我成为鳏夫,使艾瑞成了孤儿。一个秋日的午后,当时我七岁,一辆军车停靠在西劳火车站加水,也趁机让士兵们下来活动活动腿脚,我爷爷的脸放光了。在从火车上下来的风尘仆仆的人群中,我爷爷认出了他绝不会搞错的大儿子的面孔,阿丰索·伊诺霍萨,他正朝他的士兵吼叫着下达命令。老爷子跑起来,我从没见他那样跑过,一直跑到他儿子跟前揪住他的耳朵,好像他只有我这么大似的。"放手,阿爸,您没看见我在这儿是伊诺霍萨上校吗?"伯父在他手下好奇的注视下问爷爷。"您是上校,但我还是你爹,兔崽子。"当时他马上带他去要求退伍。面对惊讶不已的长官,我爷爷泪流满面地说道:"当祖国需要的时候,我贡献了两个儿子;现在战争结束了,至少得还给我一个吧。"我伯父阿丰索就这样留在了西劳火车站,看着火车带走了他的伙伴,而哭泣使他的眼睛蒙上了一层水雾。我们打从一开始就想为家族延续香火,可是我们花了几年的时间才让桂儿怀上孕。人们都心存嫉妒地看着这个从家里逃出来就为了跟伊诺霍萨医生结婚的美国女人，村里人都把我当医生。他们不能理解我对她平等对待，我们俩在诊所里一起工作，在家里一起干活，他们也不能理解我没有像那里的大部分男人对他们的老婆所做的那样，吼她或是打她。因为他们不能理解我在她的眼睛里看到我自己就像在照镜子一样。除了神经病，谁会打自己呢？给萨姆·德雷登治好之后，我们就搬到了西劳广场的伊诺霍萨家的房子。我把诊所开在那里。一天晚上，在帮助堂娜阿德莱达·费尔南德斯家的母牛生完小牛之后，我精疲力尽地回到家。在迎接我进门后，桂儿关上门，用小姑娘般的调皮眼神看着我。她微笑着告诉我她两个月没来月经了。这些事情我们都可以大方地谈论，毕竟我们是有科学知识的人。没有任何道德羞耻感会使我们的对话晦涩难懂。我问："两个月了？"她微笑地点头，于是我激动地哭了起来。这次哭泣只有七个月之后死神夺走我妻子的时候能与之相比。当她生艾瑞的时候大出血，她只来得及用微弱的声音说，无论如何，一定要带艾瑞去佛蒙特见他的外公外婆。那是在离西劳很远很远的北方，在墨西哥和那个野蛮的国家交界的地方。那里正陷入内战，所以我无法把桂儿带到一家医院去给艾瑞接生，这个在我怀里颤动的小肉团声嘶力竭地哭着，血淋淋的，似乎刚出生几分钟就知道他的妈妈已经离他而去了。战争结束后形势并没有好转。爷爷的身体每况愈下，而家族也分崩离析。奶奶几个月前已经去世了。当爷爷闭眼的时候，我的叔伯们已经带着他们的家人逃亡了。那时候西劳已经没有任何东西使我们留恋了。爸爸简单地埋葬了爷爷，只有他和我为他的死而哭泣。一天，我从噩梦中惊醒，艾瑞睡在我的旁边，他还没到十一岁，我对他说："咱们走吧。""去哪儿啊，爸爸？"我问他。我们什么都没有，谁都不认识。咱们去北方。去佛蒙特。去干吗？我有一个承诺要在那里兑现。而你，要去认识你的外公外婆。从那时起我们开始逃亡。逃离战争。逃离死亡。逃离遗忘。从那时起我们长途跋涉，一路卖着神奇药水。从那时起我们跑遍繁华的城市，寻找那些想买伊诺霍萨-史密斯博士牌神奇药水的爱上当的人。药水总能治好一个叫艾瑞的残疾男孩。可是药水不能治疗战争的伤痛。也不能治好我对从未见过的妈妈的遗忘。

## 关于动物和人：
## 卡尔·哈根贝克日记中的未发表页
### 康涅狄格州桥港市　一八九一年

　　关于费·特·巴纳姆的神话很少，或者说就没有什么可多说的。我们只能说跟少数人一样，这位美国企业家是个跟他的神话一样奇特的人物。一个天生的展览策划人，一个过于荒诞离奇的个体，他对粗俗和畸形的事物的兴趣也就只有在美国佬的身上能出现。在此之上又加上一种商业猛兽的才干，或许这样就能对这位演出界大佬的形象略窥一斑了。

　　我们是在生意场上认识巴纳姆先生的。他需要为他的马戏团找一个动物供货商。而我们是这个领域里最好的。一种自然而然的联盟使我们一起合作了很多年。

　　我们常去他那个位于纽约百老汇与安街拐角处的美国博物馆里的办公室拜访他。这是只对我们这样的高级客户才有的礼遇。

用博物馆来称谓巴纳姆用来展览他的那些畸形收藏和怪异动物的地方是不准确的。

在一场大火烧毁了那个博物馆之后，巴纳姆关闭了那里。这是大火第二次吞噬他的买卖了。

火灾似乎总在追踪他。多年以前，另一场大火曾经把他居住的康涅狄格州的桥港市的四座房子之一烧成了灰烬。那是一栋阿拉伯风格的小宫殿，样式丑陋，因此除了巴纳姆本人，没有人为它的消失感到遗憾。

以他如此特别的个性，他只能成为我们的最好客户之一。他可以干脆地一掷千金，也会为了动物价格斤斤计较，然而他购买的数量之大，令人以为他想装满另一艘诺亚方舟。

在挑选动物的时候，他能慧眼独具地找出那些能成为日后演出明星的。他这特长也体现在他挑选演出人选上面，如果主持那些演出的畸形个体能被称为人的话。

不过，那一次我们的拜访并不是想卖给他什么动物。我们的会面也不是在纽约，他在桥港市他的一座豪宅里接见了我们。

几年前，我们经历了一段生意惨淡的时期。几次商业重创之后，我们打算对演出进行转型。

我们曾经决定推出一场驯狮表演。我们遵循的想法是，既然猫和狗可以通过一套奖惩机制被驯服,那对狮子一定也可以这么办。奇怪的是之前居然没有人尝试过。

这件事理论上听起来很好,可是实际操作起来却颇让我们头痛。一些狮子特别配合训练,而另一些则根本拒绝做哪怕是最简单的动作。

可是我们对这个马戏表演抱有很大的期望,这无疑会给我们带来丰厚的利润,以弥补我们在经营异域特色动物上的巨大损失。

然而我们从来没有想到,维持一个猫科动物的演出班子开销居然那么大。因此我们需要找一个投资合伙人。还有谁会比康涅狄格州的巨头更适合出资赞助这场环北美的巡回演出呢?

这就是我们拜访他的动机。

我们准时到达他的豪宅,那里的一位黑人男仆接待了我们,在令人冒火的长时间等待之后,他把我们引到他主人的房间。

我们看到他坐着,双脚跷到橡木写字台上,桌上的文件资料堆积如山。他是个秃顶的大块头,在太阳穴周围长着一丛丛乱发,带着小牛喝奶般的贪婪抽着一只雪茄。

"哈根贝克先生,大驾光临,蓬荜生辉啊!"他说话的时候眼睛几乎都没从读着的报纸上抬起来。"请坐。来根雪茄吗?一杯波旁酒?"

墙上贴满了演出的海报,印刷的颜色很刺眼,图片的品位也很可疑。

橱柜和书架上摆满了集市上卖的那种廉价小玩意儿,还有装满福尔马林水的罐子,里面泡着违反自然规律的怪物。巴纳姆没有摆花,而是用畸形的怪胎或是长着两只脑袋的猪来装饰他的办公室。

"我们深感荣幸!"我们边坐下边说道。

"有什么能为您效劳的?"几分钟之后,他终于读完了报纸,向我们问道。可以看见他看的是漫画版面。

"我会简短解说的,巴纳姆先生。"

我们没有给他详细指明我们为他所做的商业提案中的细节。我们知道相比之下,把脑袋伸进我们的一只狮子大张的嘴里还来得更保险些。不过,我们得承认他很认真地盯着我们,不时地吐出大团的烟雾,就一些业务细节提出具体的问题,其问题之敏锐令我们惊异非常。

当我们陈述完毕时,巴纳姆吸了最后一口雪茄,在烟灰缸里掐灭烟头的同时胜利般地喷出一口烟,然后紧紧地盯着我们说:

"您的提案对我来说就是个屁。"

我们已经习惯了在生意上碰到的美国人这种坦率的粗鲁,知道我们的会见结束了。我们忍气吞声地低声道别。

我们起身正打算从那里出来,突然巴纳姆张开巴掌伸了过来,他的动作非常迅猛,以至于我们起初以为他要打我们呢。

"请等一下,您别走。您这儿确实有点东西我很感兴趣。"

我们回到了座位上,心里还希望能拉到一个投资合伙人。

当他从抽屉里拿出一幅图画,用他香肠般的手指指给我们看的时候,我们的幻想都破灭了。

"您想听个建议吗?干您自己该干的事情。鞋匠就去修鞋。您会干的就是捕猎动物。是不是这样?"

我们表示同意。

"干吗非到别的地方去蹚浑水呢?我敢向您断定那个驯狮表演肯定要失败。"

我们在心里咒骂了一下这个美国人和他们的先人。这个喋喋不休的粗人懂什么野兽呢?

"把这家伙给我带一只活的来。"他指着手上拿着的那幅图画说。"我会付给你足够用来办十五个那个什么野兽表演的钱。"

我们差点把嘲笑喷到他脸上。我们的第一个感觉是他手上拿的图画上是一条童话故事中的龙，或是中国神话里的神兽。当我们再仔细地看了之后，感觉几乎要晕倒。

"我知道在这世界的某个地方有几只这样的家伙。马里奥·卡萨诺瓦给我寄来了一份。"

该死的意大利佬。这么说他曾试图想甩开我们的中介，直接把那动物卖给巴纳姆。

所以他知道他会为它出多少钱。

所以他知道巴纳姆的强劲对手福坡夫应该会出多少钱。福坡夫因为嫉妒而对巴纳姆恨得咬牙切齿。

我们还在自问那个混蛋卡萨诺瓦是否来得及把这个怪兽也提供给格林兄弟呢，巴纳姆讲的事情把我们从冥想拉了回来。

"他在非洲北部失踪之前，曾经发电报给我提供信息。"他最后说道。在他粗大的手里拿着的图上，画着两头丛林里的魔克拉-姆边贝，就跟我们多年前在苏伊士看着死去的那个一模一样。

我本想告诉他，卡萨诺瓦没有失踪，我们亲自命人把他按天主教的方式葬在亚历山大的公墓里了。但是他打断了我们：

"给我抓一只这种神奇的动物来，哈根贝克先生，带一只活的来，我会一次性地付给你一笔比你永远连做梦都想不到的数目还要多的钱。"

我们盯着那幅画,仿佛被催眠了一般。画上有个叫什么查尔斯·R·奈特的签名,标题上还有这个刚果龙的学名。

一个我永远没有忘记的名词。

它在我的余生里一直追着我。

雷龙。

# 东方故事（二）

## 加利福尼亚 一八七五年

如果他有名字，也没有人知道是什么。所有的人都叫他乔普·乔普。

他是跟其他亚洲人一起来的，来修铁路。他跟他的同乡长得一样，有一张圆脸，两条细缝般的眼睛，一个很少绽放出微笑的嘴巴。只有依靠他肩上背着的一个袋子才能认出他来，他从来都是袋不离身。

据说这些苦力是从亚洲的公司招募来的。那些公司许诺要带他们去征服一片充满良机的土地。对他们来说美国是一个慷慨的大陆，等着为他们这些东方移民奉上比如热情的姑娘这样的礼遇。

就这样，他们中有成千上万人上了船，再也没有回国。他们背井离乡、舍弃家人和朋友，只为了追寻一个飘渺的梦，就像抽大烟产生的美妙幻觉一样虚无。

在修建铁路的地方可以看到成群的东方人，他们双手纤弱，说着难以听懂的话,站在那些盎格鲁-撒克逊工人旁边,显得就像一群孩子。

亚洲人的脆弱体质使他们难以长时间地承受像修铁路这样的重体力劳动。他们经常因为炎热而在沙漠中猝然倒地而死,或是在风雪呼啸的时候蜷缩成一团,或是因为痉挛而痛苦不堪。他们经常是倒下后就再也站不起来了。

可是,有一个黄皮肤倒下去的地方,就会再出现两个。乔普·乔普就是他们当中的一个。

如果不是因为他给那些工人当中的白种人提供有偿的洗衣服务的话,没有人会注意到他。

晚上,经过了一天繁重的劳作,这个黄种人就留下来为那些美国人洗衣服,一直洗到天亮。

跟他的同乡们一样,他也是个很难判断出年龄的男人。他有十五岁?二十二岁?三十岁?

尽管很年轻,乔普·乔普却精明过人。很快,他就拉拢了另外几个亚洲人帮他经营夜晚洗衣业务。生意很快就扩大了;他和他的伙计放弃了修铁路的工作,全力投入到危险较少的洗衣营生里。

出于对商业的敏锐嗅觉,乔普·乔普有意扩大他的生意。利用他以前的关系,他开始进口鸦片卖给那些铁路工人。

很快,好几个建筑队的人都来找他,想从他这里搞到点儿烟膏去抽。

这些黄种人修铁路挣的一点点钱,就这样被他们惬意地吐着烟圈全都抽掉了,他们的工资还不到白种人的三分之一。

当他的同乡们在烟馆里醉生梦死的时候,乔普·乔普在一点点地积累着他的微薄收入。

有不少白种人也找这个小个子亚洲人买鸦片,不过他们更喜欢喝点肯塔基和田纳西出产的玉米酒。

这一喜好并没有逃过敏锐的乔普·乔普的注意,他很快就让人赶来了满载着成箱的杰克丹尼和威特基[①]酒的马车,那些工人在发薪水的日子都要挥着拳头去疯抢。

那些年里,一位叫阿莫斯·奥特的工人跟乔普·乔普和他的手下建立起了友情。奥特是个慈悲为怀的路德派教徒,不同于其他的白种人,他并不歧视黄种人,对待他们就像对待自己的教徒兄弟一样。

每次他去取衣服的时候,他都试图打手势将上帝的意旨传递给这些苦力兄弟们,而他们对此都不大在意。他们总是温和地使

---

① 两种美国波旁威士忌酒的牌子。

得奥特向他们传道的企图落空。

一天下午,奥特去取衣服的时候,碰上乔普·乔普在洗衣房外面跟两个白人吵架,托马斯·韦恩和尤纳坦·肯特,他们都是铁路工人。

韦恩和肯特都喝醉了,他们把瘦小的乔普·乔普推来搡去的觉得很好玩。奥特从远处就能听见他们在责骂他给玉米酒涨价了。

"这么说像你这样的一个东方猪以为他能看着两个可敬的上帝子民的脸吗?"韦恩骂着。

"你大错特错了,小黄种人,肮脏的吃猫肉的家伙。"肯特接着骂道。

乔普·乔普脸上带着一股奥特从没见过的怒气挡开他们的击打和推搡。他双手握拳,牙关紧咬,吐出一些咒骂那两个白人的谁也听不懂的话。

奥特呆在原地。他没想好是去干涉呢,还是打圆场,还是干脆躲开。韦恩和肯特不是跟他过往很密的工友,但他也不想跟他们之间有麻烦。

让他决定去劝架的是他看到那两个人去拽中国人永远背在身上的那个神秘包裹了。

"我很想知道这个婊子养的在这里藏了什么鬼东西,他看得那么紧。"肯特说道,而韦恩紧紧地拉住了愤怒的乔普·乔普,让他动弹不得。

"这是什么鬼东西?"他倒出包裹里的东西,生气地问道,两只圆球干脆地弹落在地上。

看到圆球在满是石头的地上滚动,乔普·乔普发出一声嚎叫,至少有那么一刻,这声嚎叫把那些粗鲁的工人都吓呆了。

当奥特赶来出手相救的时候,他们还惊魂未定呢。

韦恩和肯特醉得太厉害了,都没看清是谁揍了他们。没几分钟,他们就瘫在地上,成了两团肉泥。

阿莫斯·奥特看着流血的指关节,尽量调匀呼吸,有那么一刻他回想起了他在育空的锯木厂里时摇晃的脚步。那些浪迹的年头开始向他讨债了。

心脏恢复了正常跳动后,他回头去看乔普·乔普,他一边感激地看着他,一边把那两只大珍珠球重新包裹起来。

只有那一瞬间的眼神的交流不需要言语就能明白,东方人欠下了他的客户的人情。

因为如果阿莫斯·奥特能不怕麻烦学点亚洲语言的话,他就会知道乔普·乔普的真正名字是皮瑛。

那他也能问问为什么他把两只鸵鸟蛋装在这个破旧的丝绒袋子里，好像什么价值连城的宝贝一样。

只有在那时候，如果不是因为皮瑛守口如瓶的话，或许，仅仅是或许，阿莫斯·奥特就会知道那两个蛋并不是鸵鸟蛋。

# 霍拉旭·P·康拉迪的亲笔信

华盛顿　一八九二年四月二十日

尊敬的土克曼先生：

您所看到的随信寄去的汇票，是我们的交易的预付款。我要提醒您，骨骼标本必须发到博物馆的办公室（第十大道与宪法大街的拐角处），由我本人接收，不要发给其他任何人。

我认为没有必要强调，您在加拿大育空地区找到的猛犸的其他部分必须完好无损地到达它们的目的地。否则的话，根据协议，将扣除一半的款额。

最后我要提醒您，对这整件事要绝对保密。如同我们约定的那样，一旦有任何消息走漏给媒体方面，咱们的合同就作废。因此，请您不要忘记您发誓要保密有关猛犸和捕猎它的细节的事情。您将收到骨骼的钱，足以补偿您的沉默和支付陪您狩猎的印第安向导的费用。

正如我们在旧金山的那家渔夫码头酒家所谈到的，倘若骨骼是真的,而你们也确实猎获了这种动物,那它很可能是据说在一万五千年前就已灭绝的生物中的最后一只了。

当然,我们的组织不希望承担使地球上最后一头猛犸消失的责任;如同那个沃尔科特·埃沃兹一样:这个荷兰水手一瓶子打死了最后一只渡渡鸟①。

谁会想到阿拉斯加和毛里求斯群岛在使珍稀动物绝种的事情上会成为难兄难弟呢。

祝您在加拿大北部旅途平安,我听从您的调遣,随时恭候您的消息。

真诚的

霍拉旭·P·康拉迪

史密森尼自然历史博物馆

助理总监

---

① 产于毛里求斯的一种鸟,现已绝种。

## 把他们活着带回来(二)

多年之后,弗兰克·巴克还记得他们家有一个星期天曾收留过的那个采集化石的萨姆·史密斯所讲的故事。

他十七岁离开父母在达拉斯定居下来时还记得那个故事,从那里他运了一整车的牲畜到芝加哥。在那里他对动物的兴趣更增强了。

一九一一年的时候他还记得那个故事,当时他是个快三十岁的男人了。他参加了一个美国南部探险队,捕猎鸟类,卖给一些收藏者和一个姓哈根贝克的德国商人,他专门收购异国的动物。

特别是在瓜亚基尔靠近码头的一家破烂小酒馆里时,他想起了这个故事。有一位挪威的老水手在那里告诉他自己曾经在南太平洋的海面上看到一些奇怪的动物在戏水。

巴克静静地听老人讲故事,他们一起喝着皮斯科酒①。

"它们有个跟蛇头一样的脑袋,小伙子。长长的脖子。它们的

---

① 秘鲁皮斯科市酿制的一种优质烈性葡萄酒。

皮肤像鲨鱼皮。我们能看到它们用牙齿嚼着鱿鱼。"

老人停下来喝了一口皮斯科酒,巴克趁这工夫点了根烟。

"我们看着它们就在离我们的右舷几巴掌远的地方飘浮着。"老人回想着,他的两只蓝色的小眼睛陷入了回忆。"之后它们沉入海里再也没回来。"

"去你的该死的纳特和他的什么海蛇的故事吧。"在巴克和老人的背后有人说道。

"老掉牙的故事了。"另一个老顾客说。

弗兰克·巴克跟很多得克萨斯人一样,能听懂西班牙语。但是他从老人眼神里的光芒中能看得出来,这个挪威老人讲的故事不是瞎编的。

多年以来,巴克怎么也得听过成千上万个关于奇幻动物的故事了,随着时间的推移,他能在几秒钟之内就分辨出所讲的故事是真是假,大多数时候都是假的。

弗兰克从没有穷尽他对动物的痴迷,他对四条腿走路的和直立行走的一样有兴趣。而他发现更多的时候后者是最残忍的。

在苏门答腊的时候,有一次巴克在脚踝上刻一只山羊文身,那个文身的人不停地在讲着岛上有一种吃人的怪兽,浑身是毛,两条腿走路,把岛中心的原始森林都破坏了。巴克一边抽着一根丁香香烟,一边入迷地听着。

他断定那个男人没有说谎。

在印度尼西亚的时候,巴克听他的导游谈到在科莫多岛上有肉食巨蜥①,把当地人都吓坏了。据说它们靠近人居住的地方是为了偷鸡吃。

巴克甚至还听说过有孩子被这些大型爬行动物掠走的事情。

这些故事使他兴奋地想到,这可能就是萨姆·史密斯讲到的恐龙。然而几年之后,当他跟一支探险队去林卡岛亲眼见到几只巨蜥的时候,他大失所望。

那无疑是一些很令人叹为观止的动物,却跟神话传说中的龙和大洪水之前的史前动物毫不相干。

东南亚有些东西很吸引弗兰克。看到动物生意很兴隆,他毫不犹豫地决定在新加坡设立办事处。

在把来福士酒店作为半个办事处之后不久,弗兰克·巴克的轨迹与达拉姆·阿里的就交叉了。阿里作为他在马来西亚的代理,其后半生都将追随着这个墨西哥人的脚步。

巴克命人在加东建立起一个分理处,专门负责将那些在苏门

---

① 印尼的科莫多巨蜥又称科莫多龙,是世界上现存最大的蜥蜴,成年的巨蜥体长可达三米多,体重七十公斤左右。

答腊、西里伯斯岛、帝汶岛以及其他相近岛屿抓到的动物集中起来。

一天早上,巴克正准备到婆罗洲探险,去抓一只居住在那里的大猩猩,他正谋划着,突然被畜栏那边传来的一阵喧闹打断了思路。

他出门去看时,看到他雇的工人推推搡搡地带来一个男孩,指责这孩子偷了几个用来作貘的饲料的苹果。

那男孩抵挡那些佣人的击打时的猛劲激起了巴克的同情心,他命人把他带到面前来。

"你是偷了几个苹果吗,小孩?"巴克用他那糟糕的马来语问那个小偷。

"是这样的,老爷。"男孩用流利的英语回答,这让巴克吃了一惊。

"你为什么这么做?"

"我饿,老爷。"他回答道,眼里的怒火平息了,直直地盯着地面。

"你知道在加东是怎么惩罚小偷的吗?"

男孩抬起头看着面前的美国人,他眼里的怒火使巴克打了个冷战。

"砍掉他们的双手,老爷。"

"嗯……你不觉得工作比作贼要好吗?"弗兰克点上了一支烟。

"我没有工作,老爷。"

"现在你要找工作就更难了,谁会雇佣没有手的你呢?"

巴克笑了。

"或许你可以在乌拉士巴沙路上当乞丐。"

男孩的眼神几乎能将他击倒。

"或许我的老爷慷慨仁慈,不仅能够宽恕一桩小小的偷窃行为,而且能够为我在这个庄园里提供一份工作。这双手能够干些照顾牲口的活,足以补偿偷窃的损失,比被砍掉好得多。"

他的脸色缓和了一点。

"另外,我保证我的老爷会发现一个马来语翻译会是多么有用。"

巴克微笑起来。他雇下了男孩。

同样是在新加坡,在马来街的妓院里,巴克认识了易卜拉欣苏丹,邻岛柔佛的统治者。

巴克常称呼他为陛下或是殿下,他曾经在巴黎度过了放浪的青年时代,他在香榭丽舍大街负责一个办事处,那里的狂欢从没有停过。

还是王子的时候,殿下给他的父亲阿布·卡巴尔苏丹写的信里总是说他全身心地投入到学习中了。

实际上,年轻的王位继承人满腔热忱地投入到找寻皮卡尔红灯区的年轻姑娘的陪伴中去了。

当岛国的国库由于未来君主的挥霍而受到严重威胁的时候,年轻的易卜拉欣被召回柔佛来还账。

他父亲去世时,年轻的苏丹几乎还只是个十八岁的孩子,他不得不想出一个计划来拯救他的国家的财政。

在欧洲的那些年头没有白白度过。王子曾经学到过在下一个世纪将大派用场的橡胶可能的工业用途。

那是一种巴西的树。在参观了伦敦南部的基尤皇家植物园后,他得出结论,认为这种树很适合在他的王国的气候条件下生长。问题是要找到钱来资助这个计划。

在他的贷款请求被几家大的驻新加坡的英国银行拒绝之后,他的士气被沮丧和烦恼打压了不少。只有一家中等规模的银行对他的商业规划很感兴趣,贷给他一笔资金,使他可以将柔佛的种植园都种满橡胶树。

他的经营眼光没有辜负他。短短几年,柔佛就变成了当地第一大橡胶生产国。

当与银行的债务结清后,柔佛在群岛中的经济领袖地位也得到了巩固,易卜拉欣苏丹甩掉了他的不负责任的花花公子的名声,变成了比他的父亲更深入民心的国王。只有那些曾经拒绝贷款给年轻继承人的银行家们懊悔不已。

十五年后,巴克认识了他,他在来福士酒店的酒吧喝酒。这是他逃离到新加坡的许多次中的一次。在这里,他可以躲开作为一国之君的压得他喘不过气来的责任与义务,可以回想他在巴黎的地痞流氓中度过的荒唐日子。

在新加坡这个城市,他的面孔不像在他的岛国那样广为人知。

几乎就在目光交汇的那一刻,一种瞬间的好感在两个男人之间激发出火花,持续终生的友谊就这样生根发芽了。

他们喝了好几轮威士忌,直到酒店的酒吧该打烊了。当酒保对他们说该关门了的时候,他们决定去密陀路上的酒吧继续他们的狂欢。

"只需要有三个远离他们国家的英国人凑在一起,就可以开个酒馆了。"更晚些时候,国王喝干了他的杜松子酒,说道。

弗兰克暗暗地笑了。他又要了一杯金汤尼酒和一盒 Golden Flake 牌香烟,这是国王最喜欢的印度牌子。

他们又一起喝了几个小时,然后就到了酒后吐真言的时刻了。

苏丹坦白地说,岁月和商业上的成就并没有减轻他面对风情万种的女人时的软弱。与弗兰克·巴克却能分享激情。

"那么咱们还在这儿干什么玩意儿呢?"

他们一直走到了马来街,一些女孩守候在那些殖民地风格的房子门口,从里面传出音乐和觥筹交错的声响。

"你发现了吗,陛下?在新加坡的妓院里没有英国女人。"更晚些时候巴克问道,他怀里坐着一位令人喷火的土耳其女人,大大的眼睛,丰乳肥臀。

"真是些王八蛋。你可以在这条街上的任何一座破房子里得到一个葡萄牙女人、西班牙女人、菲律宾女人或是两个马来女人的服务,但是可恶的殖民政权却不允许一位肯辛顿的白种女人在这座城市里出卖她的爱情。"苏丹回答说,他的腿上坐着一位波兰女人。

"肯定有什么原因。"巴克边说边干了他的马蒂尼酒,用上一支烟屁股又点上了一支烟。

"就好像你没在皮卡迪里广场①见过成打的英国女人一样。"

"一个在新加坡的英国妓女……"

---

① 伦敦西区的著名中心广场,周围有很多繁华场所。

"那将会是一件值得在当地动物园展出的珍品。"苏丹说。"你不这么认为吗,巴克?虽然我更喜欢要一位格拉斯哥的红头发女人。"陛下陷入了梦想,他把他的更淫秽的念头都用来幻想他的御医威尔森医生的妻子了。

巴克没有回答他的朋友。他在想对于他这样一个惯于猎获奇特动物的男人来说,什么才是最适合在动物园里展出的珍品。

答案强有力地出现在他的脑海:一只恐龙。

# 天地之间有许多事情

## 华盛顿 一八九四年

查尔斯·R·奈特的手里拿着一根炭笔,他的手指轻轻地在纸上滑动,勾勒出在他眼前摆放的猛犸骨架的结构图。

他变换了几次位置,以便从不同的角度欣赏这头巨兽。他在纸上画出草图,是一群在暴风雪下行进在荒原上的猛犸。

当他把大致的形象画出来后,基本要素都已勾勒出来,他就开始添加细节的东西。

博物馆的总监霍拉旭·P·康拉迪静静地从大殿的门口观察着画家的创作。

老地质学家悄悄走上前去,不想分散他的注意力。而画家没有察觉到他静静的脚步。

在康拉迪的眼前,查尔斯不是在给草图上增加线条,而是以一种雕塑家在雕刻一块大理石时的精细在勾画画作的细节。

仿佛施了魔法一般,仅凭一个接近蒙太奇效果的骨骼图象,一幕史前时期的场景便跃然纸上。这是奈特受命为纽约自然历史博物馆绘制的一幅壁画。

"太神奇了！"康拉迪打断了画家的创作。

"啊，我是靠这个吃饭的。"奈特带着真诚的谦恭态度垂下眼睛。他已经习惯了人们在看他创作时候的惊奇。

那一刻整座大厅里只有这两个男人。这间大厅是博物馆的工作人员专门用来拼接刚从阿拉斯加运来的猛犸骨骼的。在育空地区原始森林里的这一发现的消息，因其猛犸骨骼保持完好而在科学界激起波澜。

年轻的查尔斯因为脸上没有胡须，看起来就像个少年。他是个著名的科技插图画家，专攻史前动物。在重组标本的时候，他向博物馆请求去做些笔记。康拉迪的年纪足以当查尔斯的父亲了，他对查尔斯的作品很着迷，毫不犹豫地邀请他来博物馆里画两个星期的画，条件是将他画的图中的一幅作为史密森尼博物馆的收藏。

那一天，在大厅里的工作人员结束了一天的工作之后的几个小时，奈特从不同的角度继续画着。

"令人惊奇的是您使得这些动物看起来就像是……活的。我看着它们就好像正在一片草地上。"

奈特眼睛盯着纸微笑了一下，手并没有放下炭笔。

"您知道吗，教授？我一直很喜欢动物，所以我才喜欢画它们。然而一直到雅各布·沃特姆博士指导我复制史前动物时，我才意识到我真的有这种使它们……起死回生的天赋。请原谅我的说法。"

"怎么回事呢？"康拉迪真的很感兴趣。

"博士在纽约的美国博物馆动物标本制作部工作。有几次他看到我去研究那些马的骨骼，就请我给他讲解一下一种类似现在的猪的哺乳动物的骨骼结构……"

"完齿兽。"

"正是。我研究了那些化石，参照附近农场里的猪的样子，给他做了解释，结果沃特姆博士相当满意。我的职业生涯就这样开始了。"

"一点都不像您的恐龙图。您为亨利·奥斯本作的水彩画非常精彩。"

年轻人脸红了。

"您知道吗，教授？这只是对上帝的伟大作品的一点卑微致意。我简直不能想象看到这样的一只巨兽在眼前移动的话会是什么样的景象。不用说别的，您想，看到一只猛犸在眼前走动该会多么震撼?"

康拉迪教授没有回答。他的眼睛盯着他的伙伴们组装起来的骨架,似乎陷入了思绪之中。奈特继续画着,似乎因为对教师说了什么冒犯的话而感到害怕。

"我差一点就做到了。"几分钟之后,康拉迪终于说道。"亲眼看到一只猛犸走动。"

奈特迷惑地看着他。教授在说什么鬼话呢?

"可是,您知道吗?生活给我提供这次机会的时候太晚了。我已经太老了,不可能坐船到阿拉斯加去。"

"您说什么?教授。"

老人又一次沉默了。他的唇边挂着一丝讽刺的微笑,似乎心里揣着一个秘密,在神秘地消失之前都会使人胸口灼痛:

"不过这样总比什么都没有要好。您说不是吗,查尔斯?"他手指着年轻人的画作说道。"归根结底'天地之间有许多事情……',那个莎士比亚早就知道了。"他说着转身走了,留下迷惑的奈特跟猛犸。

几个月之前还在魔鬼脚印谷里嬉戏的猛犸。

## 一种有节奏的咯咯声

那是在去墨西卡利的路上,我发现了艾瑞能跟爬行类动物交流。

我们原来决定从那里穿越边境线。对于一个带着个孩子的男人来说,蒂华纳是个非常危险的地方。由于美国那边的禁酒令,边境线上非常紧张。

我天真地以为卡拉飞亚山谷会是个比较安静的地方。

我的计划是带着艾瑞穿过去到达卡雷西哥,从那里再搭火车去亚利桑那的育马,然后再说。

在南边,墨西哥似乎开始平静一点了。

阿尔瓦罗·奥夫雷贡的铁腕——这是他唯一剩下的——已经将战后的情绪抚平。他把国家摧毁后的成果。

然而我认为宗教歧视是个定时炸弹,早晚会在将军的手里爆炸。

至少是在左派。

我无法想象有正常理智的人，谁能够在废墟中建立起一座城市。随着火车越来越驶近墨西卡利，风景变得越来越苍凉，气温也越来越高了。

我们的钱快花完了。靠卖伊诺霍萨-史密斯博士牌神奇药水挣的钱，我们一直到了泰加特。很快我们就必须再准备些药水，再搞一次表演。

我不想在那里表演我们的小把戏。那是一座小镇，街道上静悄悄的，人们都想方设法躲开灼热的骄阳。没人会注意我们的。

我得多后悔没有就在那里穿过边境线啊！

那是座新起的城市。作为棉花中心从一无所有中崛起。我对它也没有更多的了解。但是我想象着它应该是个很有钱的地方。

我相信当地居民的纯朴能让我们挣到些钱，这样我们就能越过国境，然后不那么辛苦地到达育马，或许我们在那里再演示一下我们的药水的好处。

我们的优势是我们俩都是白人。艾瑞甚至还遗传了桂儿的蓝眼睛。我说英语。运气好一点的话，我们就能不被警察发觉地过去了。

一个完美的计划，如同我所有的谋划一样一贯正确；也如同我所有的意愿一样地不堪一击。

我们乘坐午夜火车到达泰加特。找不到去墨西卡利的办法，只能等到第二天了。我们不得不在那里过夜。

正午的令人窒息的酷热到了下午就变成了温热。晚霞预示着一个冰冷的夜晚。

我们在火车站的出口附近的一家小店里吃过了饭。只需步行几分钟，我们就到了主广场。

唯一的旅店是个家庭旅馆，只有两间房，都住人了。我们无处可去了。

幸运的是，一个男人自己带着个孩子最容易唤起同情心。

看到我们坐在广场的长椅上，一位做完弥撒出来的老太太开口跟我们聊起来：

"多漂亮的孩子啊。"她边说边捏了捏艾瑞的脸蛋。"你叫什么名字？小白人儿？"

过了一会儿，她就在她家的谷仓里为我们提供了一处藏身之地。那是在离泰加特几公里外的一个村子里。

我们坐在一辆摇摇晃晃的小货车里上路了。在那样的地方这一定是件奢侈品了。这无疑是位野蛮的老太太。她一个人住，包里装着一把左轮手枪。

她是那种谁都不想找她麻烦的人。

我们午餐吃的是玉米汤和玉米饼。当老太太要求我们跟她一起祷告的时候,我们装得像虔诚的基督徒一样表示为这份食物而感恩。

我们习惯于伪装了。

睡觉的时候,那女人给了我们一大堆新鲜的麦秸。我一直不停地在想,是什么鬼东西把这里的地面搞出那么多石头,硌得我一直想着撒哈拉。

艾瑞充满了小孩子的活力,他睡下后想着跟他的表兄弟们在西劳玩耍的时候,笑个不停,很快就睡着了。

我没能那么容易地睡着,总想着如果夜里来了什么毛贼,我得保护我们可怜的财产。

我们全部的生活,我们的梦与幻想,我的回忆,艾瑞的渴望,桂儿的几张照片,一套替换的衣服,爷爷的两本书,我是说,我们的全部东西都装在一只小手提箱里,它曾经是鳄鱼皮做的,现在看起来却像是纸壳的。

夜里什么也没有发生,出奇地安静。

之后我才想到,动物们的声音在沙漠之中也会消减至几乎无声的。

因此,当我听到艾瑞在凌晨时啜泣的时候,他的哭声像剧烈的轰鸣一般把我惊醒了。

我在黑暗中凑过去,摸了摸他的小脸,一道一道的泪水滑落下来。

"怎么了?"我低声问道。

"我想念她,爸爸。"他回答的声音很细微,可我听起来如同尖叫。

有时候,我会忘了他还只有十岁。

我在黑暗中抱住他小小的身体,把他的脸靠在我的胸口。我给他哼唱我奶奶用来安抚我们的摇篮曲。她唱了那么多年。

神圣的圣母啊,为什么孩子在哭泣?

因为一只苹果,他已将它丢弃……

"为什么我出生的时候妈妈会死掉?我做了什么坏事吗,爸爸?"

我的心脏缩紧了。这样的问题怎么回答啊?

"不,艾瑞,你没做任何坏事。"

"上帝把她带走了?"

我沉默不语。

又是可恶的谎言。

当桂儿在我的怀里停止呼吸的时候,我第一个反应就是仰头向天,质问上帝为什么要这样对我?为什么把我变成鳏夫,留下一个血淋淋的孩子在旁边哭着找寻妈妈的胸脯。

一点一点变得冰冷的胸脯。

那天晚上在黑暗之中,我一边听着艾瑞的啜泣,一边很小心地想着我的回答。

"我……不认为上帝会这么残忍。"

我的宝贝哭得平静一些了。我用我肮脏的衣袖擦干他的眼泪。我跟艾瑞睡在荒漠里的一个谷仓中,我得勇敢。

"那是为什么呢?"过了一会儿,他又问,平静多了。

"简单地说……我不相信有这样的一位上帝。什么样的都没有。"

我们俩都沉默了几分钟,感觉像过了几年。我能听到他的呼吸越来越严肃。

"什么都没有?"他半睡半醒地问。

"什么都没有,艾瑞。只有我们。"

"那为什么会发生那些悲剧?"

"因为……有时候……事情会失控。我们唯一能试图解决它们的办法是我们的决定。然而并不总是正确的。"

这足以使艾瑞平静下来了。一会儿他就安静地睡着了。渐渐地我也睡着了,直到我听到他起来要去粮仓外面小便。

"小心那些蝎子。"我嘟哝着说,他走出去了。

"好的,爸爸,我知道了……"他低声回答。他又是个小大人了。

小便的哗哗声似乎在寂静的夜里有回响。只有当他尿完了,我才听到第二种声音,几乎难以察觉。

一种干巴巴的咝咝声。

一种有节奏的咯咯声。

一条蛇!

我在听到自己脑子里的那个单词前就一跃而起了。

我从粮仓里跑出去,喊着我的宝贝的名字,担忧变成一只鼓愤怒地敲打着我的胸膛。

看到艾瑞跟蛇在一起时,我吓得呆住了。

艾瑞蹲在那里,抚摸着那条蛇,而它摇晃着它的尾巴作为回应,还不停地向地上吐着信子,似乎被我的孩子催眠了。

"你……你在干什么?我的宝贝。"我的舌头变得像是塞进喉咙的一团干草。

艾瑞转过头来,带着那副从摇篮里就有的迷幻表情,那表情使我想到他会某种我不知道的东西。

他朝那条长虫低声说了点什么,在它的头上拍了两下,然后站起身来。

那蛇从粮仓爬远了,蜿蜒着消失在黑暗中。

我无法动弹,直到那响尾声在黑夜的寂静中渐远渐无。

"你搞什么鬼呢?差点把我吓死!"

"没事儿。"他说着耸了耸肩膀。

"你疯了吗?如果它咬你怎么办?我带你上哪儿治去?"

他从我面前走过去,不理会我。

"我跟你说了没事儿。"

他躺到那堆干草上,好像几分钟之前他根本没摸过一条毒蛇似的。

"来睡觉吧,爸爸。"他细声说道。

我只有从命。

## 东方故事(三)

### 加利福尼亚佛森市　一九〇八年

　　二十世纪到来了。带着它的电光彻底驱走了黑夜的鬼神与恶魔;飞机抢走了鸟儿在天空飞翔的专利;留声机将声音灌制到唱片上,可以随时再现美妙的节目;汽车,靠内燃机驱动的四只胶轮的金属怪兽,缩短了距离,却也向空气中喷吐着毒气;电影放映机不同于伊士曼①发明的捕捉瞬间的照相机,它能一次又一次地将永恒重放;电话可以将声音通过上万公里的电缆传到另一个人那里去聊天,即使这个人远在大洋的彼岸;电台将音乐与新闻传播到很远的距离以外的地方。

　　有了所有这些令人惊异的新生事物,阿莫斯·奥特,你告诉我,像你这样的一位老人,育空的老伐木工,淘金热的老将,铁路建筑工人,你希望有什么地方是这个世纪给你的呢?你觉得在这样

---

① 乔治·伊士曼(1854—1932),美国摄影技术领域的发明家。

一个只需按几个按钮就能伐倒一棵树、而你却要花上几小时才能将它砍倒的世纪,哪里是适合你的地方呢?像你这样的半野人,想吃鹿肉了才知道去打猎,想吃三文鱼了才去打鱼,你认为哪里是你的地方呢?一个不知道怎么在滚地小猪超市买一公斤菜豆,宁愿自己蒸馏玉米酒也不会买瓶装酒,从来没有用过剃须刀的老头儿,在这个科技大进步的时代,有什么地方适合他呢?

那天下午当你走在佛森市街头,遇到那个东方人时,你正在忍不住自问着这些的问题。

你在那儿干什么呢,阿莫斯·奥特?你怎么就决定了结束在加州萨克拉门托附近的偏远小镇生活呢?难道你是在当探矿工的日子里认识他的吗?你喜欢这里的气候?是乡愁使你回来的吗?

你从北方来。只有你知道来自哪里。你在罗斯维尔火车站下车的那天起,你的过去就成了一个谜。可知的是你在加拿大的伐木场里度过了动荡不安的青春岁月。但是自从你四十年后到了加利福尼亚修铁路,你就是个重生的基督徒了。是什么使你回到了上帝的怀抱?是你在育空的冰冷森林里看到的什么东西吗?还是淘金热时的加州矿坑里?

不管怎么说你都是个干活的。一个粗人,却从来没从嘴里冒出过脏话。

也没有哪个女人认识你。你在矿上和铁路上的工友都没见你进过妓院。相反,你每周日都去附近的路德派教堂做教会服务。你所去的地方都远离文明。

阿莫斯,一九〇八年的时候你多大岁数?七十五?八十?很难知道。哪儿都没有你的出生记录。像你这样的人是无法计算年龄的。

阿莫斯,你是个幸存者。你看过多少人死去?矿坑吞掉了多少你的伙伴?有多少人在修建铁路时倒下去了?

确知的是你在那个星期天到了佛森市,为了在某个朋友推荐的简陋公寓里度过你的最后几年。每周两美元。伙食包括在内。没有其他的。

你是在车站下车的唯一的人。那列你参与修建了铁路的火车冷漠地等了几分钟,没有人上车。然后它开走了。

你在车站望着火车消失在远方。然后拿起你的行李上路了。

你带的东西不多。你所能装载的回忆都在一只非常破旧的小皮箱里,已经无法猜出是用什么动物的皮做的了。

你在加州的阳光下走在道格拉斯·布法德街上。对于一位疲惫的老人来说,它太长了。

你在道格拉斯街和阿斯通路汇合处的路德派教堂歇了歇脚。

你祷告了几分钟。感谢上帝给你又活了一天的机会。离下次教会服务还有很长时间。你想到公寓去。你继续沿着道格拉斯·布法德街一直走到奥本·佛森路,你在那里向南拐去。

这么说这就是文明。你不停地想到你孤身一人在一座小城的讽刺性。阿莫斯,你对谁都无关紧要。你只是偏远小镇的街头又多出的一位老人罢了。

你属于一个正在灭绝的种类。是随着刚刚过去的世纪渐渐消失的一种人。一块活化石,一头生不逢时的恐龙。

你走在街上咀嚼着你的回忆,阿莫斯,你的两腿不听使唤,后背总是抽筋,这时,你碰到了那个亚洲人。

起初那张东方面孔让你觉得有种遥远的熟悉感,仿佛在梦里见过。

如果是在别的时候,你早就忘了。但是一位老人拥有的只是回忆,而且随着时光的流逝,回忆会变得越来越珍贵。

很多年以前,当你在铁路上干活的时候,你发现,尽管人们都那么说,但是并非所有的东方人都是一模一样的。你学会了分辨他们的小小差别,那些使他们的面孔互不相同的细微之处。这一次,是一张自从你最后一次见到后苍老了许多的面孔。

一份飘渺的回忆在你的脑海深处形成了。

那是一位神态高傲的东方人,有种贵族的气质,尽管从事卑微的洗衣工作,还是透露出一种权威感。

洗衣房。当然。你生锈的记忆齿轮开始嘎吱嘎吱地转动。遗忘的锈迹开始模糊不清。

突然你能够看到走在你面前的这个男人的面孔安在一个十五岁少年的身体上。

乔普·乔普!那个洗衣工。你曾经帮他打跑了两个惹事生非的醉鬼。他们叫什么来着?

韦恩。其中一个醉鬼叫托马斯·韦恩。

可以看出乔普·乔普发达了。他穿着一件绿色的真丝长袍,金色扣子。双手戴满了金玉戒指,背上垂着一条辫子。你帮他打跑的另一个家伙叫什么来着?

有什么要紧呢!如果你再不赶紧行动,就要错过乔普·乔普了,他已经走得离你很远了,八月的周日,在那条荒无人迹的街上。

你跑起来。用你的两条老腿尽可能的快跑。

"乔普·乔普!"你喊道。"是我,阿莫斯·奥特,你的朋友。你还记得我吗?乔普·乔普?"

东方人停住了。他转身看着你朝他跑去。没动地方。

你跑到他的面前。尽管跑得摇来晃去,还是面带微笑。你朝他伸出手去,他却没有响应你的问候。

"抱歉。"他没有任何表情地说。"我的名字是皮瑛。我不认识什么名字叫阿莫斯·奥特的人。更不认识什么有这种愚蠢的……乔普·乔普外号的人。"

他转身,继续向前走去。

你愣在原地,伸着手,看着他走远。

你不知道该做什么,也不知道说什么。

如果东方人转过头来,就会看到一位老砍柴工流下的眼泪。

他没这么做。

"或许你记得那次我帮你打跑了韦恩和肯特。"这是另一个酒鬼的名字。

东方人停住了。他半转过身来,从远处打量着你。他现在大概有六十岁了。他的脸,就是一层盖在头上的没有表情的皮膜。

有一刻,东方人和你的目光交叉在一起。可能他很惊奇你经受住了他的眼神,因为过了几分钟,他朝你笑了。

一种使你想到了蜥蜴的牙齿的微笑。

"阿莫斯,老混蛋。你还是像个单身老修女一样继续去教堂吗?"

乔普·乔普邀请你去他家。在路上,他问你过得怎么样。都去过哪里。那些铁路上的工友都怎么样了。

所有你问的关于他的问题都被回答得含糊其辞。

你以为会见到一处简陋的居所。当你看到城中心地带里雷街上他住的房子的时候,你几乎大吃一惊。

"我看你是很发达了,乔普·乔普。"

"我确实没什么可抱怨的。不过,如果你打算享受到我的款待,你就得忘掉那个愚蠢的外号。在这儿我是皮瑛先生。"

房子的里面安静得如同坟墓。皮瑛走在地毯上就像是个幽灵在滑行,而你的旧靴子在地上发出吱嘎的声音,每走一步就留下一块污迹。

东方人带你走过装饰着奢华的艺术品的大厅,一直走到一个地方,那里放着一张漆木桌案,两个丝绒靠垫。

在所有的装饰中,有一扇屏风,上面画着两条龙。他一挥手,几个仆人出现在眼前,为你们奉上绿茶和满满的一大盘新鲜水果。

当仆人们用磁盘端上珍馐美食的时候,你又重拾话头。烤鸭、面条、茶叶蛋、生煎包、清蒸鱼,还有炒饭。你还没有从饥饿状态恢复过来。

等你们吃饱了,皮瑛又做了个手势。仆人们把你们的餐具撤下,只留下杯子在桌上。你的朋友拍了下手,一个年轻人在你的面前摆上了一个托盘,里面放着一只鸦片烟枪。

你的东道主在递给你之前，自己先抽了两口。你犹豫了一下是否要接受。然后你把它放在嘴上吸了一口。

你能够感觉到树脂味的烟雾像蛇一样顺着你的喉咙蔓延下去，散入你的五脏六腑。

阿莫斯，之后发生了什么？完全不得而知。烟雾像棉花般将你围绕。你沉沉地睡去了。

接下来你所记得的是在一间满是小床的大堂里醒来。几十个东方人在抽着水烟枪。鸦片的气味好像一团黏腻的雾笼罩着那个地方。你起身，摇摇晃晃地找寻出口。那些人根本费力扭头看你。

门通向一条消失在左右的黑暗之中的走廊。黑漆漆的什么都不可能看清楚。

你沿着走廊走过去，全靠红色纸灯笼里燃烧的蜡烛照明。你感到很沉重，好像一个噩梦。你还在受那烟膏的影响吗？该死的烟。

你在那些拐来拐去互相交叉的走廊里走了很久，靠灯笼的微弱光芒几乎看不清路。

你听到远处有声音，却看不到人。正当你感觉迷路了的时候，你又碰到了一扇门。

你急忙去开门。另一边的灯光更亮一点。

门一打开，你就呆住了。

世界上没有任何东西,阿莫斯,能让你有足够的准备来见证那间巨大屋子里噩梦般的一幕。

另一边,那个你认识的年轻时叫乔普·乔普、现在叫皮瑛的人,正在跟两只巨蜥玩耍。

开始你以为那是鳄鱼。然而,它们苗条细长的身体使它们看起来更像是长了爪子的蛇。

那两只动物随着东方人的指令灵活地闪动,他好像正在训练它们。人和动物都那么专注,都没有觉察到你在怀着巨大的恐惧呆呆地注视着他们。

东方人一个手势,那两个动物都扑向一只玉球。它们中那只较大的张开了一双有鳞的翅膀,这使你想到你当采矿工的时候见过的蝙蝠的翅膀。这些更让人恶心。

另一只为了赶跑它的同伴,凶狠地咬了一口。

两只蜥蜴的湿漉漉的肉体扭打成一团螺旋形,在半明半暗中发出隐约的绿光。皮瑛看着它们,感到很有趣的样子。

当争球的打斗升级到暴力程度,东方人试图把它们分开。但是蜥蜴们的爪子互相抓得很紧。从你站着的地方可以看到一只的牙齿带着仇恨深深地扎入了另一只的肉里。

皮瑛最后一次努力分开它们时,你看到他从袍子里抽出一根打了结的鞭子。他喊了句什么，由于动物们没听话，他的皮鞭在一只蜥蜴的身上炸响了。

一团火花在昏暗中飞溅开来，伴随着一声嚎叫。

你没留下来看皮瑛和他的怪物们的游戏是怎么收场的。你沿着无尽的走廊奔逃而去，寻找一个从那个荒唐噩梦逃离的出口。

你接下来记得的事情是你在佛森市街头漫无目的地游荡。你是怎么到那里的？你怎么从皮瑛家出来的？

当他们发现你的时候，你正在佛森的湖边徘徊，嘴里乱七八糟地说着什么地下的迷宫里藏着两条龙之类的胡话。

没有人相信你。再怎么说，你也不过是一个在佛森谁都没见过的老疯子。别人将你送到萨克拉门托的一家小医院。从那里又去了旧金山的精神病院。

无论你如何一再请求去搜查乔普·乔普的大房子，却没人听得进你的话。

你再没有见过他。也没有任何他的消息。

你应该不久之后就死去了。在佛森市的地下城离奇地发生火灾之前的几周。

在商人皮瑛从加利福尼亚永远地消失之前不久，没有人再见过他。

# 人与动物

## 汉堡斯特林根 一九一三年

"进来,孩子,坐下。旅途辛苦吗?我想也是。南方的大海距离遥远。啊,丛林里的生活。我不得不放弃这样的生活有很多年了。现在我从这里打理生意。基本上我处理所有的文件事宜。我的儿子们负责田野里的工作。我只做些商业决策,你懂我的意思吗?我给你倒一杯酒?不,我没有威士忌,不过我可以给你来杯白兰地。火?让我来。你等等。你怎么能抽这种令人恶心的印度丁香味的香烟呢?不,孩子,我不能允许在我的办公室里发生这样愚蠢的事情。我要给你来根古巴雪茄。你认识这个牌子吗?世界之王。这是全世界最细腻的烟草,不是那些孟买的苦力们抽的什么锯末子。你看,轻轻地吸一口。感觉一下它的滋味。怎么样?一种享受。我们的南美洲代理给我寄来的。好吧,咱们言归正传。我必须要说,欧文斯寄来的推荐信上对你的溢美之词让我很吃惊。那个老混蛋。你知道可恶的荷兰人是什么样的。我没有兴趣了解他在茂物①操持的植物园——愿它长盛；不是缺少兴趣，而是爪哇岛实在太远了——不过据他信上所说，你为他搞到了大量的动物。你知道的，那也是我们的本行。为马戏团、动物园和植物园提供珍禽异兽在大概三十年前是个好买卖。后来市场转型了。我们必须适应或是消失，就像在我们的竞争对手身上发生的那样。很奇怪，就跟那个老疯子达尔文在他的书里所说的一模一样。小伙子，你读过《物种起源》吗？你读书不多？好吧，没关系，在我们这里不需要这个，不过我建议你多读书。我有保留意见，我不相信人是从猿猴变过来的。岂有此理！不过他有些有趣的观点。那个达尔文就是个跟你我一样的疯子。他花了五年的时间坐着船环球旅行，收集植物和动物以证明他的理论。我跑题了，请原谅。你穿过半个地球之后最终想要的就是听我这样一个老头的大论。我跟你说了现在生意不一样了。在对阿根廷沙漠的令人喜悦的征服之后，我们就变成了各种牲畜和优质种畜的供货商。你说什么？我的马戏团？啊，你小时候一定看过它的，它去美国巡演过。很多年前我就不干这行了。我的退出使我们蒙受了巨大的损失。这一次我要落得卖猫卖狗了。就我们这种政治形势。经济衰退，巴尔干战争。

---

① 茂物，印度尼西亚爪哇岛西部城市。

啊,我都不愿意想到未来。等待你们年轻人的是多么巨大的恐惧啊?我已经是老家伙了。就是这样,小伙子,我刚满六十九岁。我不想多活太久。我知道末日即将来临。因此我才把你叫来。你想再来只雪茄吗?拿着,拿着。虽然你不该抽得这么快。这是要慢慢享受的那种烟草。就像生活中值得享受的那些事物一样。这是一位已经见识过很多的老人告诉你的,见识得比他愿意见识得还多。火?正如我一直对你说的,小伙子,我就要退场了。我没什么可抱怨的,我是一个得天独厚的人。你看到了,我父亲靠贩卖海豹和鳗鱼开始了这份生意,现在在全世界,只要提到哈根贝克这个姓氏,就会跟珍禽异兽买卖联系在一起。可是就像达尔文说的,你读过那本书吗?物种必须适应环境的变化,否则就会灭绝。包括我们。这就是为什么你现在会在这里,在这间办公室里抽着我的雪茄,喝着我的白兰地。我对你说了:我非常惊讶像P·A·欧文斯那样难啃的老骨头居然为你写了一封如此赞赏有加的推荐信。这老家伙在世界的角落里开了个植物园;那是个不错的动物园。你一定有什么东西给他留下了深刻的印象。我来说说:当第一批印度尼西亚巨蜥的报告来到的时候,我感到心中为之一震。我觉得是在一九一〇年,当那个飞行员掉到科莫多的时候。没有人相信他。但是在收到欧文斯等人发来的第一批严肃的报告时,我的希望膨胀了。你会想象得到我看到它们时的沮丧。你也一样吗？当然，我们期待的是更加新奇的样本。前几只落网的时候，我知道是欧文斯为他的植物园买的。就这样我找到了你的名字。你就是把它们卖给他的人。所以我现在要拜托你一件事。如果你觉得合适，也可以看作一笔订单。不过你一定要守口如瓶，小伙子。这件事我对我儿子都没说过。因为这些孩子是在公司的繁荣时期长大的。城市的舒适与金钱已经将他们软化了。他们不愿意知道什么丛林的冒险。他们只对像生产率、商业赎回、定期这样的词儿感兴趣。但是我们呢——因为你刚一进门我就感觉到了你是我们一类的，你别以为你的眼神中的疯子般的光芒没有被觉察——我们这些捕猎者感兴趣的是另外的东西。你看，把你右边书架上的盒子递给我，那个带锁的木盒子。就是那个。你现在就会看到。我把它锁起来是因为我不希望他们叫我疯子。啊，如果我的弟弟，迪特里希还活着……随便吧，你看到这个了吗？这是一幅版画，画的是……对，正是。恐龙。这是挂在纽约自然历史博物馆里的查尔斯·R·奈特的画作的复制品。你认识？啊，当然，我忘了你是美国人了。抱歉，我的记性不如从前了。好吧，你知道这些史前动物并没有全部灭绝吗？知道有些物种幸存下来了？啊，我看咱们会互相明白。你已经做过相关的调查？我不觉得惊奇，从你的眼神就能看出来。你是我们一伙的。一个丛林和丛林猛兽的狂热爱好者。我对你说过我喜欢美国人吗？美国人是很好的客户，从不讨价还价，尤其是，付的都是美金。正是你的一位同胞向我证实这些并不是什么仙女故事。你大概听说过费·特·巴纳姆吧。当然了！谁不知道他呢？你想必知道他在临终病床上向他的特别秘书口述了一封信。这封信只有两份复印件：一份被他的继承人锁起来了，他们以为这只是他垂死时的胡言乱语，另一份被寄给我了。信中有公证员证明，如果有人能带去任何一种活的尚不为现代动物园所知的巨型爬行动物，他将会得到一笔巨款。然后他又说了一串他在地球上各个地方见过的动物的名单：波罗的海的海蛇，苏格兰湖里的利维坦，阿拉斯加的猛犸，刚果的恐龙，甚至说了个故事——我也认为是他的胡话，说什么在美国南部见过中国龙。巴纳姆的家人决定对此保密，他们害怕有登徒子乘虚而入。但是他们无法阻止他的秘书寄给我这份复印件。现在我有一份由费·特·巴纳姆亲自签署的订单，第一个将这些动物中的一只活着带到他的纽约办公室的人将得到一千万美元。最好的是他的遗嘱中有一项条款要求他的继承人在有人带着所说动物出现的时候履行这个承诺。你说什么？是的，如果我没亲眼见到的话，我自己也以为这都是垂暮老人的昏话。在埃及，啊，四十多年前了。小伙子，你还没有出生呢。我为什么对你说这些？唉，年轻人，我老了。我的时间有限。得有人来接手我的这个生意。我的贪婪的儿子们对按照上帝的旨意打理公司没有兴趣。他们卖卖牛和鸡就很幸福了。有时候卖头狮子给马戏团。但是你不一样，我看得出来。咱们臭味相投。咱们互相认可。所以，现在我要给你讲讲很多年前我在埃及的苏伊士港的一间仓库里见到恐龙的故事。你坐舒服点，这是个很长的故事。再来支雪茄……？"

弗兰克·巴克兴奋地接受了古巴雪茄。点燃后，他舒服地靠在皮沙发椅中，听卡尔·哈根贝克讲故事。从老人的眼神中，他知道他所讲的一切绝对是真实的。

## 霍拉旭·P·康拉迪的亲笔信

### 华盛顿　一八九九年五月十一日

尊敬的卡尔·哈根贝克先生：

我倍感惊奇于一位在动物方面有着您这样的经历与学识的人会给我们的机构写这样的一封信并提出一个只能称之为……天真的问题。

我的回答很干脆，那就是不。已知的大洪水之前或是史前动物物种中不可能有某一种幸存到现在。即便是在像您信中提出的刚果那样的偏僻地区。

我敢保证，您的人几乎三十年前在亚历山大见到的只是个畸形的怪胎，一个遗传变异的个体，某种已知物种的一员。一头大象或是一只河马。一只雷龙？难以想象。

我很感激您对新生的古生物学领域的异乎寻常的兴趣，但是我建议您还是专注于您的本行，就是动物园与马戏团的演出。另外我还建议您去度度假。无疑，正是过度的工作和您的不断旅行使得您在根本不可能存在那种动物的地方看到了恐龙。

真诚的

霍拉旭·P·康拉迪教授

史密森尼自然历史博物馆

助理总监

# 卡拉菲亚

库卡帕印第安人是顺着河流最先到来的。这些游牧猎手在河边的一块空地上安顿下来,不打渔的时候就搭起他们的帐篷。

后来出现了欧洲人,圣方济各会的传教士来宣扬上帝的福音,西班牙的冒险家来寻找传说中傲然矗立在沙漠里的金银城。

很久之后,来自北方的人发现了这片被河水充分灌溉的沃土的潜力;再后来,才有来自南方的人决定在这里定居下来,种植小麦和棉花。

从没有人确切地知道为什么第一个住下的人决定在这里定居,这里被酷热包围,到处杂草丛生,荒原蔓延。

有一天出现了一座小房子。然后又出现一座。

不知不觉之间,一座城市就形成了。它的居民还没时间多想想呢,就有人用一个混合的名字为它命名了,这个名字很像它的河对岸的美国邻居的名字。

当库卡帕印第安人身体上涂着红色、腰上紧紧地缠着遮羞布回来的时候,这座城市就已经在那儿了。

那时候,还没有人知道为什么,那个迷失在荒漠里的小点儿已经叫作墨西卡利了。

## 一支怪异虫类的合鸣

我们一只脚踏上火车站的那一刻,我就知道做了个错误的决定。

站在站台上,艾瑞和我就像是被钉在了地上,不知道该做什么。

我们俩迷惑地互相看着,好像一对傻瓜。我们看起来想必是很鲁莽的样子。两个蠢蛋只带着一只旅行箱在逃亡的半途到了这么一个陌生的小镇。

到处都是涂成红色的木头房子。马、大车和几辆汽车都在街上混行。

艾瑞天真地拉住我的手,用他的小手指头绕住我的食指。

"咱们走。"

我傻傻地跟在我的宝贝儿后面,他走得好像知道我们要去哪里似的。我们在街上游荡,风抽打在脸上,天气酷热得令人窒息。太阳像倾倒溶化的铅水一样吐出它的光芒。

我感到头晕。恶心。

艾瑞像是爸爸一样,他领着我走在街上,仿佛带着在墨西卡利居住多年的居民对这里的了解。

我们沿着莫雷洛斯大街向北走。这是一座不眠之城。在靠近边境线的国际大道那边,可以看到成排的酒吧和小酒馆都开着门,里面传出音乐、女人的笑声和碰杯时的叮当声。尽管它们有着像瓦尔多夫、特克洛特或是克里麦克斯·格里尔这样如画的名字,本可以媲美墨西哥城最奢华的夜店,或是河对岸的店铺,然而它们中的很多家都只是布置得很好的沙龙。无疑美国佬的强硬法规使本地的经济受益匪浅。多米诺骨牌的碰撞声与扑克牌的洗牌声交织在一起,组成了一支怪异虫类的合鸣。

我必须不止一次地遮住艾瑞的眼睛,以免他看到那些站在破房子的门前出售爱情的妓女,或是看到两个喝醉的美国人在酒馆门前拔刀相向。

看到城里挂满中国字的招牌使我大为惊异。到处都可以见到写着难懂的东方字符的招牌。他们尽可以把最淫秽的粗话写在那里,反正也没人看得懂。那一瞬间我突然觉得我们好像走在一座东方城市的街头,而不是在墨西哥的边境。

这真是座奇怪的城市,住在这里的都是幽灵。他们白天睡觉以避开太阳谋杀般的酷热。一字排开的妓院全天开放,街道是从东方移植过来的。

我们到了个什么鬼地方啊?

在挨着边境线的地方我们找到一个公园,它的名字相当响亮:查普尔特佩克英雄公园。那将是我们第二天表演的场地。

现在我们需要找个地方睡觉。

我向街上不多的几个顶着酷热行走的路人打听着,还没回过神呢,就找到了一家靠近边境线的小旅店,它在莫雷洛斯街与特尼安特·格雷罗街的拐角处。

看到我们,老板娘抬起一只眉毛,显出拒绝的神态。

"我不想惹麻烦。"她用食指指着我说。

"我们只是路过,太太。"我回答。

"这里所有人都一样。这里所有人都一样。"她不怀好意地看着艾瑞反驳说,她看到一个大人带着个男孩一定是想到最坏的地方去了。

我不能怪她。城里的街道上都飘浮着一种淫秽的气息,好像罪孽的气味浸透了风尘仆仆的空气。

"什么?"艾瑞迎着那女人固执的目光问道。

"不,没什么,没什么⋯⋯"老板娘边回答边垂下了眼睛。我很惊讶。说实话我还以为她会责备我没有教育好孩子呢。

女人领着我们顺着走廊一直走到我们的房间,然后告诉我们晚饭八点开始。接着她就出去了。

艾瑞占了左边那张床。我,占了右边的。

"咱们到了佛蒙特后要做什么呢?"他眼睛望着天花板问我。

"嗯……不知道。"

"你认识我的外公外婆吗?"

"不……不认识。我只认识你的姨妈。"

"那么,你怎么知道他们会接待我们呢? 你怎么知道他们是否还活着呢?"

我以沉默作答,让自己陷入床里。

那天晚上,我们跟其他住客一起喝了一份老板娘提供的令人恶心的汤。我们静静地吃着,其他无目的地的旅客的陪伴调剂了我们的孤独。我们一桌有十二个人。再找不到比这更为混杂的团队了。

是什么样的故事将这些人都聚到了一锅不像是汤而更像是浆糊的东西周围呢? 我不想一探究竟。我们的餐桌伙伴也不想,他们分享着同样的葬礼般的寂静,只有一位美国牧师打破了沉默,他要求我们跟他一起做祷告。

由于没有人反对,美国佬低声说出一串不连贯的句子,每一句都以一声"阿门"结尾(他说的是"唉门")。

所有的人都跟他一起祷告,除了我和艾瑞。结束之后,他们贪婪地扑向盘子,风卷残云般地吃掉了老板娘放在桌子中间的硬邦邦的面包。

那是几个月以来我睡的第一个安稳觉。也是我们第一次睡在一张真正的床上,而不是在船舱里或是火车的车厢里。

第二天早上,艾瑞的声音把我吵醒了。他正在跟一只他在角落里发现的小老鼠嬉戏。我一边在洗脸盆里洗漱一边观察着我的心肝儿。他好像在跟那只啮齿类的动物说话。

我们的肚子里只灌了杯咖啡就出门了。我们有活儿要干。

第一件事是要找到两打半升装的琥珀色瓶子。这并不难,在一家百货店里就有足够的瓶子。我们也在那里买了玉米淀粉、香精和一疙瘩糖。一个店员带着冷淡的客气招呼了我们,脸上一丝笑容也没有。

当我们从商店里出来的时候,看到一个东方人正在走廊里抽打一匹骡子,那动物疼得发出嘶鸣。它肯定是受伤了。

"对不起。"我边走向那头牲畜,边对男人说。"能让我看看吗?"

我知道他听不懂我的话,我弯下腰去检查骡子的蹄子,艾瑞则用他跟动物交流的特异功能在安慰它。

果然,它的蹄子里嵌了一颗石子。

我比划着告诉那男人他的骡子受伤了,得给它治疗,否则它的蹄子就会坏死。

在我们购买装备的同一家商店,他们借给我们水和刷子,用来清洗烂疮。显然它疼得要命,如果不是艾瑞一直在安慰它,它肯定会尥蹶子的。

由于没有任何药物,我告诉男人把两公斤麸子煮成糊状,倒在一只桶里,然后把骡子受伤的蹄子泡在里面。这会帮助它痊愈。

男人想付我钱,可是我跟他说没必要,在商店全员惊异目光的注视中,我和艾瑞继续上路了。

回到小旅馆,我不得不额外付给老板娘一笔钱以获得厨房的使用权。

我没想到在墨西卡利水是那么地短缺,不过用我们所搞到的水也足以准备出足够的玉米糖浆,然后把它稀释一倍,再灌满那二十四只瓶子。艾瑞非常喜欢做糖浆,我总是要多做一点以补上被他喝掉的部分。

最后关键的一步,给瓶子贴上"伊诺霍萨-史密斯博士牌神奇药水"的标签，这是最烦人的部分。我必须用多余的淀粉做一点糨糊，以便用在瓜纳华托找人印制的标签挨个儿地给那些瓶子注明身份。已经是最后的一批了。无论如何，它们在边境线的另一边对我们就没有用了。我们在卡雷西克或是育马会贴上一些标签的。

我们整整一上午都在准备药水。做出来的结果很好喝。有时候我甚至想，如果不当诈骗者，我可以做个甜点师，不过得在艾瑞的协助下，他无疑帮了大忙。

然而那天下午没有更多的时间用来考虑从业的方向。我们把接头地点定在了距离查普尔特佩克英雄公园两个街区的地方，尽可能远离市政府和警察局，然后我们就分手了。

开工时间到了。

## 蜥蜴的眼睛

"蛇眼！"喝醉了的美国人大叫着掷出两个一点到特克洛特沙龙一张桌子上的骰子筒里。

就像是从好莱坞的电影里出来的一样，特克洛特奢华地矗立在一片荒芜之中。二十四小时开放，里面的桌子每天都接待着越过边境线而来的饥渴的美国人，他们到这里来寻找一口好的威士忌酒或是一罐冰啤酒。

一到墨西卡利，美国人简直无法相信在这样的地方居然有这样一座城市。巴克被音乐声所吸引，跟他的助手一起进了当地那个奢华的地方，去喝一杯当下在他们的国家很难搞到的啤酒。

酒保还没把啤酒端到他们的桌上，有两个墨西哥人就凑到了美国人的桌边攀谈。半小时后，他们和另一个独自在吧台喝酒的美国人一起玩上了掷骰子。

弗兰克·巴克在赌博方面出了名的好运在朝他微笑。那骰子像两只爬行动物的眼睛一样从桌子上看着这些玩家。在巴克身旁陪着他的东方人露出一丝微笑以示祝贺。跟他一起玩的那两个墨西哥人和另一个美国人看起来就没那么高兴了。

"对不起了,老乡。生意归生意,买卖归买卖①。"这个得克萨斯人夸耀着收起桌上所有的钱,嘴上永远叼着一根烟。

"该死的美国佬。咱们走,胡安。"一个墨西哥人说。他们像是父子俩。他们没有打招呼就从桌边起身离去了。离他们很远的地方,一支乐队在台上弹奏着爵士乐,轮流演奏墨西哥歌曲和狐步舞曲,还有摇摆舞曲。

"该死的流氓。自打我们在圣哈辛托打败了他们,他们就不停地挑衅,以为终有一天会赢了我们。"巴克说着又向酒保要了啤酒。
"做梦吧,蠢蛋!"②

"再给美国佬们来一轮啤酒。"吧台上的某人说道。

再没有比将他跟美国人混为一谈这种事更让卡尔·瑞特先生恼火的了。尤其还有这样的美国佬。难道这些粗人就没意识到他们说话的方式不一样,而且他也没有他们那种粗鄙的身体语言吗?不,这位德意志帝国皇帝的墨西哥前商务代表很遗憾地发现,这些有色人种唯一看得出来的就是他是金发碧眼的。他们从不在意他

---

①② 原文为英语。

跟他们一样英语不灵光或者说的完全是另一种口音,也没注意到他从不喝他们叫作波旁威士忌的恶心的马尿,他总是着装无可挑剔,穿着三件套的西装,戴礼帽。

瑞特先生只喝莱茵白葡萄酒,或是黑啤酒,在他能找得到的地方。他每星期都要吃一顿牛肉香肠晚餐,并且总是用歌德的语言爆粗口。他妈的!

瑞特优雅地、几乎有些女性化地从他的马甲里侧口袋中取出一只银色的烟盒,抽出一根"好味"牌薄荷香烟。他用一个德贝莱那打火机点燃了烟,又喝了一口啤酒,欣喜地品着味道。

"您对我说您是专门狩猎珍禽异兽的。"瑞特先挑起话头,每说一个词都喷吐出烟圈。

"是这样的,老兄。在这里的阿里是我的助手。"东方人听到他的名字笑了笑。瑞特可以看出来他不是中国人。菲律宾人?

"那我不禁要问,一个习惯了丛林生活的猎手在荒漠之中的墨西哥猪圈做什么呢?因为墨西卡利的确并非婆罗洲……"

"啊,我亲爱的朋友,您可想不到这座小小的城市隐藏的秘密。"

"我想不到这个地区的珍禽异兽除了生活在石头下的蝎子还有什么。"

酒保把酒端到桌上。他穿着件小礼服,在这荒漠之地看起来很荒唐。若不是有电扇,这家伙就得热死。三个男人都把手伸向棕色的阿兹特克牌啤酒的瓶子,不可理解的是在炙热的风沙中啤酒瓶居然能是冰凉的。

"您如果知道这里藏着什么会大吃一惊的,先生……"

"瑞特。卡尔·瑞特。"

"真是不可思议。"巴克哈哈大笑着说。"咱们一起玩了几个小时的掷骰子游戏,却还没有互相介绍过。"

"只有在美国才会发生这样的事。"瑞特低声说道,丝毫没有觉得好笑的意思。

"我叫巴克。弗兰克·巴克,这个年轻人是达拉姆·阿里,我的助手。"那个东方人点了下头,打了个简单的招呼。

"已经给我介绍过了。您是中国人吗?"

阿里的脸色暗了下来。

"当然不是。"他嗫嚅着。"马来人。"

"您说您是哪里的,瑞特先生?显然您既不是得克萨斯人也不是加利福尼亚人。加拿大人?"

"德国人。"瑞特的语气中丝毫没有掩饰他的骄傲。

"我就说您的口音有点怪嘛。"

桌上陷入一阵难堪的沉寂。远处传来酒杯碰撞的声音,有一桌还在玩着掷骰子或是多米诺骨牌。一阵女人的笑声从酒吧的高处传来。

"一位德国公民在如此远离故土的地方做什么呢?您具体来自哪个地方呢?"巴克问道。

"汉堡。我来这里执行严格的商务计划。"

"汉堡?!他妈的!您信吗?我去过汉堡。"

巴克能看出来提到他的故乡城市使瑞特的眼睛亮了起来。

"不会吧!您去那座美丽的城市做什么?它很美吧?"

"美极了。那里有除了阿姆斯特丹之外全欧洲最好的妓院……"

瑞特的表情变得难看了。

"……不过我不是去跟什么德国胖妞儿鬼混的。我去那个美丽的港口是为了出差。我去拜访一位杰出的科学家,自然科学家卡尔·哈根贝克。"

"哈根贝克?!那个老水手,一位自然科学家?您别逗我了,朋友,那个无耻之徒,全汉堡的人都知道,他不过是个庸俗的小贩,能把他的奶奶装扮成猴子然后卖给布朗克斯动物园。我的爷爷认识他父亲,是个在港口卖鳗鱼的渔夫。上帝知道是什么蚊子咬了他使他自认为成了买卖珍禽异兽的商人。"

"他过去确实是个买卖珍禽异兽的伟大的商人。欧洲最优秀的。"巴克话语中的调侃口气一瞬间烟消云散了。

"朋友,您别急。"瑞特安慰道。"我的意思是说卡尔·哈根贝克是个伟大的动物贩子,但并非一位科学家,仅此而已。我还记得有一次,当时我还是个孩子呢,他从埃及弄来一火车的长颈鹿和河马运到了汉堡。"

巴克又往嘴上叼了一根烟,用上一根的烟头点着了。他深吸一口,紧蹙的眉头松开了。

"说实在的,多亏了哈根贝克,今天我和阿里才会在这里,在这个鬼地方。"

巴克眯起眼睛,身子朝瑞特靠过去,带着威胁的口气。

"因为,尽管您看不到,瑞特先生,墨西卡利完全不是看起来那么回事,在这些街道里有着比这里的人们的梦境还奇怪得多的东西。"

瑞特盯着得克萨斯人看了几秒钟,同时他的脑子在全速运转。几秒钟就足以使他做出正确的联系:卡尔·哈根贝克,珍奇动物,墨西哥边境。突然一切都了然于心,以至于他不由得笑了起来,这使巴克很恼火。

"可以知道是什么这么好笑吗?"

"抱歉,巴克先生,不过我不由自主地笑起来是因为您居然也追寻中国龙的足迹来到了墨西卡利。"

弗兰克·巴克不知道哪种感觉更强烈,是得知被发现的震惊还是想打碎这个自以为是的德国老蠢蛋的脑袋的欲望。

## 德国皇帝之商务代表如是说

请允许我自我介绍一下。正如我对诸位说过的,我的名字是卡尔·瑞特。眼下我没有工作,不过诸位要知道,有一段时间我曾经是德国皇帝吉列尔莫二世驻墨西哥的商务代表。那是个很长的故事:由于我怀疑诸位也没什么更好的事要做,我就给大家讲讲。我于一九一一年从汉堡到达纽约。跟所有的移民一样,我也是从饥荒中逃出来的。我在美国可以做电工餬口,这是我在美国刻苦学到的一技之长。日复一日的常规生活,虽令人发疯,却也使我能够扎根现实,使我能逃避温吞地狱般的流亡生活。我每天早上五点钟起床,去路德派教堂做礼拜,然后去上三班倒的班,盖起摩天大楼,你们美国人胆敢以此挑战上帝的伟大。然后我中午十一点吃个三明治,再过几小时,下班回家,窝在我在布鲁克林的布鲁斯维克公寓租的一个小房间里,读一本老版的《浮士德》,这是唯一从德国一路陪伴我而来的我的所有财产。在美国,那时候对德国人来说不是个好时候,反日耳曼情绪在任何一个愚蠢的爱尔兰人或是苏格兰人的后裔心中萌发,他们以为虐待一位德意志帝国的子孙就是捍卫他们只不过早到了几个月的祖国的荣誉。我习惯了孤独,陷入这样日复一日的生活,直到萨拉热窝战争爆发的那天。我还记得那是六月最后的几天,曼哈顿热得要命,我正在百老汇大街和巴克雷街拐角的一座大楼里安装电力设备。一位姓阿尔巴兰的墨西哥焊接工来了,他拿着一份日报嚷着开战了。我们都围到他身边,可是由于只有我是认字的,于是我大声宣读了这个新闻。干完一天的活后,我毫不迟疑地辞了工。我回到租住的地方,拿出我最好的行头换上,那是专为周日的宗教仪式准备的礼服,我刮了脸,从床垫下取出我三年来的积蓄。我把不多的几件东西装在包里,连夜离开我一直住着的布鲁斯维克的房间,乘车赶赴曼哈顿中央车站。在那里我搭上去往华盛顿的夜行火车。由于时间紧急,我不得不乘坐一节睡满黑人的车厢。早上,一到首都我就打听怎么去德国大使馆。我在使馆门口从天亮前等到了开始上班的时间。你们想想我用德语向门卫求见大使时他的表情。"您说什么?我听不懂。"他用显然在美国学到的德语回答我。"劳驾,大使先生。"我请求道,在跟黑人挤在一起度过火车上的不眠之夜后,我几乎绝望了。就在我快被踢出去的时候,大使出现了,约翰·亨利希·冯·伯恩斯多夫公爵,他认为我是个遭了难的德国公民。"我有什么能帮您的,瑞特先生?"在他的房间里,点心和咖啡端来之后,他问我。那里一片宁静,完全感觉不到正困扰着我们祖国的纷飞战火。当一位黑人男仆斟咖啡的时候,我不禁想到在德国,一位上层的、有大使身份的人是永远不会在他的办公室里接待我的。也许连话都不会跟我说。我喝了口咖啡,把杯子重重地放在盘子上,硬生生说道:"我来报名保卫祖国。"外交官盯着我看了一会儿,没有任何表情,然后问道:"瑞特先生,您去拿枪是不是有点过于年长了?"这问题我只有一个肯定的回答。我这样一个伤感的老头背井离乡千山万水,还想玩当兵的游戏,我在这儿搞什么鬼呢?我的目光隔着一道水幕模糊起来。我这个样子想必是激发了大使先生的同情心,他不安地默默看着我哭了一会儿,突然说,"我仔细地想了想,瑞特先生,我想我有事情让你来做。""什么事情,大使先生?"大使紧紧地注视了我几秒钟,然后说,"您将是德国皇帝的密探。"

## 心中的一丝寒战

没有人会相信我即将说出的话。多年以后，我小心翼翼地检视那些日子里所发生的事情，我感到重述中混杂了谵妄之言，胡言乱语渗入回忆就像一滴墨水染混了一整杯水似的污染了记忆。

然而，我发誓，我接下来要说的每一个字都是千真万确的。

那天下午余下的时间里，艾瑞和我守着那些装满玉米糖浆的小瓶，等待夕阳的余晖带走炙烤城市的火炉般的炎热。

大约七点钟时，天凉快一点了，查普尔特佩克公园里人渐渐多起来。太阳完全落下去后，墨西卡利的居民们从白天的藏身之所走出来，回到生活之中，就好像那里是一座吸血鬼之城似的。

我们按照惯常的程序行动。在去公园之前我们俩就分开了。艾瑞衣衫褴褛，拖着缠满绷带的病腿；他用一根棍子临时做了一根拐杖，在脸上涂抹了一些烟灰，一瘸一拐地边讨钱边走向约定地点。我等了一会儿才提着装满伊诺霍萨-史密斯博士牌神奇药水的小箱子朝公园走去。

大约晚上八点钟的光景,吹来一阵小凉风,似乎带来了一小群人。到那个时候,所有的人都已经看见艾瑞在公园里跛行了。

我小心地打开我们从西劳一路带来的折叠桌子。我在桌上铺了一块半截的布料充当桌布,那上面还能看出我的产品的名字。

我转头看着公园里走来走去的人们,他们都在亭子周围溜达着想着自己的心事,对沦为骗子的鳏夫牙医和他儿子的不幸无动于衷。

我看到艾瑞在广场的另一头一瘸一拐地走着,我的宝贝在乞求过往人群的怜悯。我深吸了一口气开始说了:

"先生,上午感到疲劳吗?有慢性疲劳吗?有口臭、胃酸、膝盖痛风吗?太太,为憋气所苦吗?您的腿有没有因为静脉曲张而像个地图?有没有肚子疼和头疼?感到恶心和不适吗?……"

有人认为一个人会习惯一切。我不同意。我永远不会习惯于骗人。我体会到了演员们在幕布拉开之前的那种感受。

每当我开始说那套骗人的鬼话时,心中都会感到一丝寒战,双手渗出冷汗,我的声音中有一丝不易为人察觉的颤抖从喉咙里滑出来,我将目光定在没有人的空地,对着被我的声音吸引过来的人群脑袋之间的空隙说话。

渐渐地,人群聚拢过来,按照惯常的顺序围在我的旁边:开始是有病的，然后是真正好奇的。之后走过来的是那些由于遭受着某种病痛而被这个神奇疗效的许诺吸引而来的。

最后艾瑞到了。

没有一个中国人过来看我们，但是远远地可以看见有一位老人，身边站着一个高大魁梧的东方人。他们面无表情地眯着眼睛看着我，不紧不慢地抽着烟，从他们的脸上猜不出任何心情。

我们根据脚本以钟表般的精准上演我们的节目。艾瑞在一群人面前喝下了药水，之前他还向他们讨钱呢。没有人能抗拒他乞求的表情。

每当艾瑞开始在众人面前跳舞时，人们惊异的眼神总是令我大感讶异。我自问是否是墨西哥的种族主义在作祟，使得他们很容易被蓝眼睛的白人男孩打动，他们对白人男孩如此怜悯，却会以同样的程度去鄙视一个同龄的土著男孩。

当艾瑞跑得没影儿了，几十个容易上当的人落入了我们的骗局。一小群人拥挤着想要抢购一瓶神奇药水。不缺那种当场打开瓶盖一口就喝下去的傻子，然后就说开始感到药水并不存在的疗效了。在每座城市都有这样一位傻瓜。

不多不少。我们表演之后，一满箱的神奇药水会在十二分钟内卖完。从不会是十一分钟也不会是十三分钟。几乎八十公升的玉米汁被卖了个空前的好价格。一般来说,人们都会蜂拥而上抢购最后几瓶,就好像这真的是上帝的鲜血一样。

在这场医药好戏的热闹中,我以在所有边境线与巴希奥之间的广场反复操作才会获得的熟练收拾起我的小台子,把纸板悄悄装进包里,准备在有人发觉上当受骗之前退场。

我很高兴,我把每瓶药水卖了一美元,还没有人抗议。我已经决定一越过边境线就改行。我可不想冒被逮住然后被驱逐出境的危险。

我把小箱子扔在一棵树下。我们再也不需要它了。我只留下了桂儿的照片。谁知道呢,没准到了那边我们可以买一只鳄鱼皮的箱子,就是美国佬扔掉的几乎还是新的那种。

桂儿。

我想了她一会儿,同时把袋子仔细检查了一遍,我做伊诺霍萨-史密斯博士期间一直用着它。我答应她多少次了,一定要回到圣安东尼奥,好忘掉那该死的战争。她多么想去德维尔大道上的甜品店喝一杯香草奶昔啊!我从没有满足过她。可是现在,我可以带艾瑞去那个地方,去认识他妈妈最喜爱的饮料。他会要什么口味的呢?我总是对桂儿说巧克力是源自墨西哥的,却总也没能说服她。香草也一样。

我想带艾瑞去参观他妈妈跟我认识的那所学校。我算计着绕道圣安东尼奥去佛蒙特的花费,到了我们约好作为碰头地点的街角。

艾瑞不在那里。

不安的情绪好像一股酸水在我的胃里翻搅。不到一秒钟,我脑子里闪过了所有最坏的可能性:从他摔了一跤到被人伤害都想到了。

当我转身想去找我的心肝儿时,我的恐惧得到了证实。在一把刀子的寒光里,我看见了自己面容的倒影。那个我见过的最彪悍的东方人握着它。

那个壮汉用他南瓜般大的拳头抓着刀,离艾瑞的喉咙只有几毫米。

"你跟我来,否则我就切断你儿子的脖子。"他的声音平静得就好像是在问我时间。

他的另一只大手捂着艾瑞的嘴。艾瑞的眼神在乞求我照他说的做。

## 东方故事(四)

"将军。"阿贝拉多·L·罗德里格斯将军说。

皮瑛面无表情地移出他的皇后,把罗德里格斯的国王困住了。

"将死。"老人说道。

下加利福尼亚州的地方长官不敢相信地看着棋盘。他怎么能没料到那一手呢?

他这样一个既激动又冲动的棋手从来都没有赢过那位东方教父,是一种紧密的职业关系把他们联系在一起的。

"啊,无赖,真是无赖①……"将军说。

皮瑛好像没听见他的对手的调侃的样子。说过这样的玩笑话的人没有能活下来的。

"没说的,先生。您又赢了。"将军说着喝干了他杯中的白兰地。"咱们什么时候再来一盘?"

---

① 这个词语的发音与皮瑛的名字很相似,故有含沙射影之意。

阿贝拉多·L·罗德里格斯是参加了一场没结束的战争的老兵，他到墨西卡利来出任一个几乎每年都要更换的职位，下加利福尼亚的地方长官。

皮瑛对罗德里格斯从没有好感，对其他的墨西哥政府代表也没有。但是他发现跟他们处好关系很有好处。

他是在多年以前学到这一点的，在另一位军事长官埃斯特万·坎图将军的任上。皮瑛一直把他看作一个酒鬼，爱喝龙舌兰酒，是国际大道上成排的店铺里的常客，然而，他一直认为他是个特别的行政长官。

是坎图整肃了当地的秩序。但是，他对东方移民的姿态总是很矛盾。是他颁布了所谓的人头税，强迫当地的外国人每年缴纳十二美元的税款，仅仅是因为他们在这里居住。这一措施的实行显然是针对住在城里的上万名东方移民的。

皮瑛很快就赢得了将军的友情，而不是同情。老人发现给坎图提供龙舌兰酒和女人可以改善一点这位地方长官与亚洲苦力之间的关系。

从那时起，下加利福尼亚的地方首领不断更替，而科罗拉多大河公司雇佣的亚洲人也总能不断地进来，到棉花种植田里工作。皮瑛已经知道如何从他们所有人那里获得最大的好处。

跟阿贝拉多·L·罗德里格斯的关系相当复杂。他是个举止优雅的人,喜爱上好的白兰地,还喜欢下棋。为了第一项,皮瑛从塔姆皮克的码头给他搞来成箱的运给饥渴的美国人的好酒。为了第二项,皮瑛摇身变成不可战胜的对手,每周跟罗德里格斯下一次棋,而这些并没有打破他们之间的坚冰。

这位东方教父猜想,在将军有节制的友情之下隐藏着一种商业竞争。将军很可能打算在当地建立起他自己的商业网络。他的直接商业对手正是皮瑛。

与此同时,两个人准时去赴他们每周一次的棋约,小心翼翼、面带微笑地下上一局,他们两人都觉得空洞无味。

现在,一如往常地,将军因为看到击败对手的可能性而激动万分。皮瑛一如往常地冷酷,他让将军落入自己的圈套,然后直取他的老帅。

"哎呀,太糟糕了。"将军盯着皮瑛送给他的玉制棋盘上的棋子嘟哝着。"能有我赢您一盘的那么一天吗,无赖先生?"

老人做出没有听到他被冠以的恶名的样子,他谎称:

"将军,您下得越来越好了。"

罗德里格斯研究了棋盘上的棋子布局,却没有搞明白从哪一步开始落败的。

"罢了。我不再占用您的时间了。咱们下周见?"

"我准时到。"皮瑛边起身边说。

皮瑛走出总督的办公室,感觉罗德里格斯越来越疏远了。

他从市政府朝向查普尔特佩克公园的大门走出来,他唯一的保镖冯在那里等他。老人在城里受到的尊重和仇恨是一样的。

在这个国家再往南几公里,一位东方老人身边跟着一位魁梧的苦力形象会显得很古怪。然而在墨西卡利的人群中就很不显眼,老人身上有别于其他东方人的地方是他常穿的做工精良的汉服:丝绸罩袍,黑色乌纱帽,懒汉鞋。所有服饰都由一位裁缝专门为皮瑛缝制。

这位东方教父朝马德罗大街上的邮局走去,在公园旁边,他发现一个人在喋喋不休地高声叫卖神奇药水。

皮瑛从公园一角仔细观察着那个家伙。他身上有种饱经沧桑的东西引起了老人的关注,他一弹指,冯就递上了望远镜,他仔细地看着。那家伙一定就是百货商店的苦力们向他说起的那个人。是他治好了常福耀家的骡子。

"把那个人给我带来。"皮瑛下令。

冯毫不迟疑,立即出发去执行老大的指令。

皮瑛一个人继续走了。

## 德国皇帝之商务代表如是说


潘乔·维亚。那正是我的使命。找到这个北方半人半马怪，以吉列尔莫二世的名义与他建立军事联盟来对抗美国人。德国会提供武器和后勤援助，而维亚负责挥师边境、入侵得克萨斯。直到多年以后，我才知道我所负责的部分只是一个更为野心勃勃的阴谋中的B计划，我所出演的只是个普通的步兵角色，是个一旦维亚在边境线上某个小村子打开通道后牺牲了也没人为之哭泣的小角色。我解释一下：德国驻墨西哥城的大使亨利希·冯·爱卡尔德接到我们在华盛顿的大使冯·伯恩斯托夫公爵的指令，要跟贝努斯提亚诺·卡兰萨建立同样的联盟。指令最初是来自柏林，正是从德意志帝国外事部长亚瑟·齐默尔曼的办公室发出的。然而，伟大的德意志帝国似乎命运不济，诅咒高悬在条顿民族的头上，他们需要等待浴火重生时刻的来临。墨西哥总统与德国大使之间的关系不太好，一年之前德意志帝国通过冯·爱卡尔德曾经秘密支持过维多利亚诺·韦尔塔失败的起义。德国皇帝的代表曾经与韦尔塔在他逃亡所至的巴塞罗那联系过,目的是公开向他提供军事援助以推翻卡兰萨;后来又授意他以参加在旧金山的世界博览会为由坐船去了纽约。他在曼哈顿的中央车站乘上一列开往西南方向的火车,却在堪萨斯城转而向南,去往与墨西哥交界的边境。韦尔塔和他的手下帕斯夸尔·奥罗斯科一同于得克萨斯被抓获,当时他们试图进入墨西哥去重新召集起几位对他很忠心的将军。韦尔塔分子们怀着对卡兰萨政府的怨恨,咀嚼着失败的苦果,分散在国内各地,心里还抱着渺茫的希望,盼着他们的主子流亡归来。他们的企盼差一点就成真了。可是韦尔塔在得克萨斯的纽曼车站被美国特工处拦截了,从那里被发配到布利斯要塞。酒鬼韦尔塔在得克萨斯州的艾尔帕索监狱死于黄疸,他还在等着永远没有到来的德国的军事援助呢。两个月后,维亚横扫哥伦布市,激起了美国人的怒火,不过欧洲方面还是无动于衷。然而,与墨西哥建立军事联盟的想法在德国军事首领的头脑中萌芽了。据说当一年之后这一提案终于到达贝努斯提亚诺·卡兰萨的办公桌上时,他的双眼放光了。几天之中,他和他的将军们都在分析收复一八四七年战争失地的可能性。正如巴克老朋友您说得好,墨西哥人不会放过任何一个眼前的报复美国人的机会,能打击就打击。然而,在卡兰萨派的将军中,理智占了上风,显然,跟德国联合入侵美国必然会激起强烈的反应,会扩大由约翰·珀欣指挥的旨在搜索潘乔·维亚的向南部边境的惩罚性远征。而德国,说起来我很痛苦,并没有什么资源可用来支持墨西哥人在一场大战中打败他们的邻国。墨西哥总统无奈地拒绝了那份邀请。正是那个时候,我出场了。帝国打算委派一位德国代表设法将同一计划递到维亚那里,寄希望于他的强烈反美情绪受到重新打入美国的可能性的诱惑,这一次是有强大的军事后盾的。诸位想想这一崇高使命对于我这样一个卑微的工人来说是多么光荣啊。我的脑子里从没有闪现过我正参与一桩无用的事业的念头。既然连约翰·J·珀欣和他的十万大军都没有找到维亚,一个普通的电工就更别提了。使馆为我提供的只有几套定制的西装,是曼哈顿专为大使先生缝制西装的裁缝给做的。穿上西服,粗俗的工人形象神奇地变成了优雅的欧洲绅士的样子,而一封公函将我任命为德国皇帝的墨西哥商务代表。经过大使先生和夫人短暂的礼仪、举止培训课后,他们给了我一只公文箱,里面装了几十捆美元。然后,使馆就把我派到南方去寻找潘乔·维亚了。我从没有想到,在华盛顿的联邦车站上了火车我就开始被逐出历史了,我所扮演的角色几乎只是跟墨西哥建立联盟这出闹剧里的一个货郎。好几个月里,我在墨西哥边境齐瓦瓦地区的穷乡僻壤到处打探。很多时候,人们都怀疑地看着我，这个该死的白人要找那个疯子维亚干什么呢？之前在那一片儿已经有一个美国佬打听将军的行踪，一个后来不知所踪的老头儿。当我到那些对维亚心存恐惧的村子里打听时，人们看我的眼神无疑像是在看一个垂死的人提前索求坟墓。现在，都过去很多年了，我想一个穿着优雅的外国人出现在齐瓦瓦山区的形象一定使当地居民深感迷惑，因为他们以为革命已经把游客都赶出国去了。我的侦察使得我跟维亚在华雷斯城、奥西纳加和普雷西迪奥的可能的代表们建立了联系。可是结果却总是一场骗局，我不只一次地看到我的设想在那些如蘑菇般增长出来的骗子手里破灭，他们总是说随时可以带我去见维亚，条件就是"适当的一些美元，先生"。先生。没有冒犯的意思，巴克老友，唯一的结果就是把我当成了一个美国人。最终，英国特工截获了齐默尔曼的电报。卡兰萨拒绝了德国皇帝的提议，而在路西塔尼亚号①沉没之后，美国也加入了战争。我从来没有找到过维亚，等我回过味儿来的时候，已经夹在两国之间进退两难了。我不能回美国去，因为在那里我会被作为间谍受到审判；我也不能太深入到墨西哥去，在这个野蛮

---

① 1914年8月，路西塔尼亚号作为武装的后备巡洋舰注册为英国海军舰队成员，它所装备的武器重量超过了在英吉利海峡巡逻的皇家海军舰队。1915年5月7日，路西塔尼亚号在由纽约驶往利物浦途中，于爱尔兰南部的老金塞尔角毫无预警地被一枚德国鱼雷击中，20分钟内沉没，死亡1 201人，其中128人为美国公民。

的地方，就连贝努斯提亚诺·卡兰萨本人都无法保住性命。没有钱，没有工作，只有大使派人做的西服是我的唯一财产，等到美国人实行虚伪的清教徒的戒律时我才得救了。您知道得很清楚，巴克老友，由于禁酒令和沃尔斯特法案，再没有比在墨西哥边境向北方邻国走私各种酒类更好的生意了。而做这个买卖没有比一个监控很松的交通要道更合适的地方了，另外东方移民的黑手党也在这里扎下了根。现在我是亚洲人和意大利黑手党之间的纽带。东方人从只有上帝知道的地方搞来了各种酒，而意大利人更愿意跟穿着体面的白人做生意，不愿意跟黄种人打交道。这不是个坏生意，利润丰厚，我只是遗憾在墨西卡利这样一个地方没有把钱花掉的去处。可是我所讲述的一切并不是为了忏悔。您会看到的，我做生意的这些年让我发现我有商业特长。我有敏锐的嗅觉，可以找到哪里有好买卖，是否合法。我看您跟我是一样的。您知道应该去哪儿，从不盲目地踏出一步。您瞧？您脸上的骄傲表情证实了我的话。我打从一看见您就知道了。没有一个强有力的理由您是不会来到这么偏远的地方的。好吧，请允许我为您提供一桩小生意。请允许我给您当个向导。是的，是的，就跟您忠实的达拉姆·阿里带您在热带丛林里寻找貘和猩猩一样，请允许我带您到墨西卡利的胡同里去寻找那将一位有身份的人带到这样的地方来的唯一的东西。因为在跟东方人打交道的这些年里，我的眼睛和耳朵时刻保持警醒。一个万事通。听取小道消息。尽管他们的性格特点是擅长保密，有时候也会透露出一点信息。您别忘了我可是间谍啊。好吧，我看咱们会互相理解的，巴克先生。现在您告诉我一件事，您知道什么是地下城吗？

## 两具尸体

我只有听那个东方男人的话。他示意我跟着他。别试图干任何傻事。他带着艾瑞走起路来就像带着一个草包。很多人看见我们走过都闪到一边,满怀恐惧。我在他们的脸上看出来等待我们的是可怕的命运。连警察看到这个人持刀威胁我们都没有任何行动。我想,"我们就是两具尸体。"

"拿着钱吧,朋友,钱是好的。让我们走吧。"我低声说。那人的样子似乎没有听见。

他不慌不忙地以东方人特有的没有表情的平静带着我们向阿尔塔米拉诺大街走去。我们在华雷斯街拐了个弯,然后一直走到一家洗衣店门口。我们进入店里,刀架在我的艾瑞的脖子上,所有店里的客人没有一个扭头看一眼的。

直到那时候,我才意识到城里的大部分居民都是东方人。他们就像是住在一个跟墨西卡利城里其他的居民平行的一个地方。印第安库卡帕人、墨西哥人和为数不少的美国人组成一个跟东方人平行的团体。东方人已经决定沉浸在他们的沉默里,就像一座城中城。

我想着这些是为了将我的注意力从眼前发生的悲剧上分散一些,这时候我发现说到城中城并不是一个比喻。

## 东方故事(五)

"请下去。"东方男人指着通往洗衣店地下室的楼梯对伊诺霍萨医生说道。

医生将信将疑地慢慢从楼梯下去,从眼角盯着那人以防他伤害艾瑞。那大汉的双手看来能拍碎石头,可他对待他儿子的细心几乎使医生感到惊讶。尽管他紧紧地抓住孩子,但看起来并没有伤害他。

楼梯比医生预想的要长得多。到尽头的时候,他以为会看到一个小仓库,里面放着洗衣店的材料什么的。

当他发现自己置身于一条宽阔得足以让一辆大车轻松通过的地下通道中时,他倍感震惊。几十个东方人在那里走来走去,从一条通道走向另一条,那里就像一个模仿地面街道设计的胡同网。几百只灯泡照亮了这座地下迷宫,一丝清凉的微风吹过,使医生忘掉了外面炙热的风。

有那么一会儿,伊诺霍萨医生以为他在做梦,他还睡在艾瑞和他过夜的那家旅馆的小床上。或者,也许在他下楼去往地下室的途中某一刻,那个大汉已经不知不觉地割断了他的脖子,而他所看到的是因为他流血过多而痉挛所产生的幻觉效果。

有人用力一推把他从疑虑中推醒。

"这边。"

不,先生,那不是什么梦境。

他们在那里走了大概是外面的两个街区。伊诺霍萨医生很惊奇地看着地下活动的进行。

东方人在厅堂里喝茶、吃碗装的米饭、读着用汉字印刷的报纸,成群的东方人睡在凉席上,或是用水烟筒抽着鸦片。还有几十个仓库里面是装满各种商品的箱子,从地面一直码放到天花板。

在进入那地下城几分钟之后,伊诺霍萨医生看到几个年轻人赶着一群猪的时候已经不感到惊奇了。与猪群相反的方向行进着一队装卸工人,他们搬运着整箱的酒和成卷的染成鲜艳色彩的棉布。

檀木的香味和不知什么地方点着的香火气味,与食物的味道及人体的汗味混合在一起,形成了一股对访客来说非常辛辣刺激的味道。

在身处地道内的清爽空气中几分钟后,又被眼前呈现的几乎是色情的景象所刺激,伊诺霍萨医生开始感到头晕恶心,差一点就要晕倒。只是想到他和艾瑞的生命还处在危险之中才使他还能站住。

最终,持刀男人停在一扇涂红漆镶金边的大木门前,门中央悬着一个门环,男人敲了两下,声音回荡在整个地道之中。大门打开了,现出一座有黑色大理石墙的大厅,厅里一位老人在独自吃一大碗面条。那个地方的唯一装饰是老人身后的一扇丝质屏风,上面有两条在云中嬉戏的龙。当艾瑞和他的爸爸被那个大汉押解进去的时候,老人并没有从他的食物上面抬头来看。

老人看起来有一百多岁了,他的皮肤就像一张干枯的羊皮纸贴在头上,脸上垂下两条白线,那是他的胡子。

在伊诺霍萨医生看来,老人的虚弱形象就像是何塞·瓜达卢佩·珀萨达①画的动画骷髅,他想从老人装着眼球的两条缝隙里看出些表情来,可是他什么也没看出来。

红色丝绸衣服,奇特的黑色小帽,这使艾瑞想起在西劳的时候爷爷每周日买的报纸上连载的漫画里的一个人物:小明。

"谢谢你带来了我们的客人,冯。"老人吃完面条后说道,同时

---

① 何塞·瓜达卢佩·珀萨达(1852—1913),墨西哥画家,以画骷髅讽刺画而闻名。

抬眼看着艾瑞和他的爸爸,"现在你可以退下了。"

"是,先生。"冯说着无声地出去了。罗兰多·伊诺霍萨医生非常惊讶于他们两个说话时都没有一点外地口音。连墨西卡利人特有的那种口音都没有。他们的口音很标准,几乎可以说是优雅。

"医生……"老人开口了。

老人弹了一下指。从黑暗中走出一个年轻人,几乎还是个孩子,他将一个几分钟前他们在公园里卖的神奇药水的琥珀色瓶子送到老人有关节炎的手里。在老人读药瓶上的标签时年轻人又消失了。

"我猜您就是伊诺霍萨-史密斯博士。"

"只是伊诺霍萨。"医生回答,他为他喉咙的干涩感到奇怪。

"那么,您是伊诺霍萨医生,我们的小朋友名叫……"

伊诺霍萨相信在老人的眼睛里看到的肉食动物般的光芒在他的脑海里激起一丝警惕。他的肌肉瞬间绷紧了。

"艾瑞。"小男孩答道。

"很好。伊诺霍萨医生,艾瑞,欢迎你们来到地下城。"

## 把他们活着带回来(三)

多年过去了,往事仿佛被蒙上了一层薄纱,达拉姆·阿里和弗兰克·巴克再没有提起那次他们去墨西卡利认识了卡尔·H·瑞特的旅行。

似乎想通过沉默导致遗忘,那次旅行的细节在两个人的记忆中渐渐地被淡忘了。不管怎么说,他们在海上、陆地、空中已经一起跑过了上万公里,多一次或者少一次旅行的细节有什么要紧呢?

他们是怎么到达那里的?从哪里来的?离开边境后又朝哪里去的?所有这些资料一点一点地淹没在大脑中容易遗忘的潮湿区域了。

弗兰克·巴克永远不能忘记的是他带到他的旅馆床上的那位不同凡响的黑白混血女子,那里离他们相识的边境线旁边的妓院只有一个街区之远。

那女人说她叫德西莱爱,是从巴吞鲁日附近的一座棉花种植园里跑出来的,那天晚上他跟阿里和瑞特一起庆祝他们刚刚建立的交情。

巴克对丰乳厚唇的女人的偏好保证她那天晚上得到了一位客人。这个老练的女人没有浪费时间去勾引阿里，他显然是这两个白人中某一位的仆人，她也没搭理瑞特，隔着二里地就能看出来女人无法使他激动起来。

巴克完全可以忘掉那天晚上他喝了多少墨西哥啤酒，而德西莱爱整晚都在喝古巴朗姆酒却一直没有失态。她用法语祝酒，甚至用简单的德语跟瑞特聊了几句。巴克很高兴女人能很自然地加入酒桌，就像是多了个男人。他不喜欢愚蠢的笨女人。

他也从来无法忘记在觥筹交错之间，这个黑白混血女人告诉他的东方人经营的酒类和鸦片生意。她又重复了一次几小时前瑞特描述过的离奇故事：有一座地下城市，里面的地道四通八达一直蔓延到卡雷西哥的市中心，"还有鬼知道是哪儿的地方"，东方人就是通过这些地道自由地运送各种商品的，有合法的也有非法的。

"我从不干这个，老兄，这违背我的原则。"有一次瑞特告假去小解，德西莱爱说。"但是这儿有一条适合你的忠告，自己人的好意：你不要相信这个家伙。他在这整个地区都名声很差。"

巴克默默地表示同意。他能看得出来阿里也不信任这个德国佬。

他们四个人逛遍了边境线上的酒馆和小店。第一个倒下的是阿里,因为众所周知东方人不胜酒力。他们不得不叫了辆出租车送他回旅馆,出租车沿着墨西卡利弯弯曲曲的街道蛇形而去。

第二个是瑞特,他借口第二天要早起去卡雷西哥监督交货。他很谨慎地离开了,因为酒醉而有一点轻微摇晃。

然而巴克忘了回到旅馆的那一刻。他接下来的记忆是那黑女人的舌头在他的嘴里扭来扭去,同时他在脱去她的衣服,动作粗鲁而又兴奋。

他永远不想忘记的是他的指尖接触到她巧克力色皮肤时那种柔滑的触感。

"世界上最坏的生意就是爱上一个妓女。"苏丹阿布·卡巴尔过去常对巴克这么说。阿布是跟他一起在新加坡那些名声很坏的夜店流连的同伴。那天晚上,在他旅馆的房间里,巴克没有违反这一规则,但是当她很熟练地在她的黑色大腿间接纳了他的时候,他差一点就这么做了。

"那……你知道在墨西卡利这里有一条龙的事吗?"他在黑暗中问道,在他的第一轮冲击之后他几乎只能听到德西莱爱压抑的呻吟声。

"老兄,这儿只有你这条龙。"她在与他一起冲向巅峰之前的喘息中回答。

## 近乎科学般的好奇心

"我就不兜圈子了,医生,我知道您是个搞科学的人。"老人对我说,几分钟前他说他叫皮瑛。

"先生,我觉得这里有一点误会,我只是个卖货的……"

"您不是说过您就是神奇药水上标着的那个伊诺霍萨医生吗?!"老头怒吼着将药瓶愤怒地摔到墙上,砸了个粉碎。

"我……"

"是不是您?"

"是,是我。"我的声音细若游丝。

"您要告诉我说您的药水是骗人的吗?是连一个普通的感冒都治不好的吗?"

我沉默着。

老人又把他的目光转向艾瑞。我的心里一震。

"请别伤害他。"我低声道。

"您说什么?!"

"请别伤害他,皮瑛先生,我求您了。我把我们挣来的钱都给您。您不会再在这儿见到我们的。但是,您别伤害他。"

"闭嘴,否则我割掉你的舌头。我看看,小伙子,到这儿来。"

我想说什么,可是冯的刀子又从黑暗中出现了,架在我的脖子上。

"你动一动我就切断你的喉咙。"这个大块头的声音就像恋人耳畔的低语。

"来吧。没人会伤害你的。"皮瑛又说。

艾瑞迟疑地朝老人走过去。

我很希望我说的是我跟冯搏斗直到从他的臂膀中挣脱出来,抢了他的刀子扎进他的胸口,然后饿虎扑食般扑向老头,把刀刺进他的脖子,然后从那座地下城逃出来,逃向美国,一路向北,一直到佛蒙特去跟艾瑞的外公外婆会合。

事实上我是个懦夫;当我看到那只老鹰将他的爪子伸向我的宝贝的一刻,我唯一能做的就是紧紧闭上眼睛等着听到他的惨叫。

过了两分钟,我只听到了我的心跳声,然后我听到了皮瑛很惊奇、很真诚地说:

"非常神奇。"

我睁开眼睛,看到他在认真地摸着艾瑞的身体,带着一种近乎科学般的好奇心。

"非常神奇,医生。"他重复道,现在是对我说的。"我应该恭喜您。您是位行骗大师。放开他,冯。"

大块头遵命。

"来,您过来。"皮瑛命令。

我遵命。我很感激地确信艾瑞,我的心肝,好好的。

"恭喜您,朋友。我就从没有想过把我的女儿打扮成男孩以防止被哪个没良心的坏蛋欺负了。"

## 我不能治好任何人

艾瑞面无表情地看着我。因为没能奋力地保护她,我很惭愧地抱住她,另外我也无法承受她的眼神。

"您得庆幸对我来说,使我感到兴奋的……是小男孩。"老人接着说,"你叫什么名字,闺女?"

"艾瑞……阿兰萨。阿兰萨苏·伊诺霍萨·史密斯。"

"嗯。史密斯。你是美国女人的女儿。"

"我妈妈去世了,先生。"

"一个鳏夫?伊诺霍萨、不是史密斯医生,是个鳏夫?"

我尴尬地表示肯定。

"我得承认。"皮瑛继续说,"在我这个年龄已经很少有什么事情使我惊讶了。今天你们让我吃了一惊。"

老人沉默了一会儿,又不快地说道:

"因为……您千万不要以为我喝了您那个骗子药剂。"

"神奇药水。"

"闭嘴,艾瑞。"

"没关系,医生。让她说吧。这么说是神奇药水了?"

"很抱歉,先生,我们会还钱的,我们会给大家补偿……"

老人举起一只手,使我想到了鸡爪子。

"您没搞明白。那没有必要。"

我的惊异大概使他很高兴。他几乎像是在微笑了。

"吉卜赛人互相不看手相。贼会认贼。我知道,打从在广场看到您我就知道,您卖的只是假药。这小子……女孩,是您的同伙。可是在您的身上,在您的言谈举止的方式上有某种东西。您确实是个懂科学的人,是带来健康的人。您在百货商店治好了那头骡子就是证明。"

我没回答。我不明白皮瑛说的到底是什么意思。

"我只是……一个……"

"不,我不想知道您的专业。我知道您是个医生就够了。我错了吗?"

"不……没有。绝对没有。"

"那就足够了。您会看到,医生,在这个家里,我这个家指的是这个商业大家族,是这个组织,有一个病人。一个病得很重……"

"我只是一个……"

"这是一位跟我们在一起共处了很长时间的人,现在很不舒服。"

"牙医!"我谎称。"我是个牙医。我修牙的。"

"牙?这也是需要解决的问题。"

"您没搞明白,皮瑛先生,我是个牙医。我整牙的。我不能治好任何人。"我坚持道,同时我认为自己很机灵,我想这样他们就会放我们走了。

"没搞明白的是您。"老人的表情一下变得那么生硬,使我不敢出声了。他凶狠的眼神里有某种东西使我的血液都冻结了。在短暂的沉默之后,老人继续说:

"在这个家里,正如我跟您说过的,有人病得很重。您必须给他做检查并把他治好。如果您不能使他恢复健康,那么我们就要像在中国对待小偷那样惩罚您。"

我不想问他怎么惩罚,可是老人马上告诉了我。

"我们会砍掉他的双手。"

# 第二部
# 东方飞龙*

---
\* 原文为拉丁语。

## 东方故事(六)

地道绵延数公里,在地下纵横交错,弯弯曲曲。这一始于大约十五年前的计划曾经是异想天开的。最初的模仿地面城市布局的想法很快被摒弃了。是谁想到修建一座地下城的呢?没有人确切地知道。有人说是一位蒙古人提出的建议,大约在一九〇九年的时候他带来了一支铁路建筑工人队。他对大家说,在蒙古那个沙漠国家,人们在地下盖房子以抵御恶劣的气候。然而,从没有人知道任何有关蒙古人来过墨西卡利的消息,也不知道蒙古是不是真的在地下盖房子。还有人说这是一位加利福尼亚的老矿工的主意,他很有爆破经验。确切可知的是地下城的街道蜿蜒曲折,从墨西卡利一直伸到了边境线那边的卡雷西哥市中心,组成一个复杂的网络,如果画成地图,看起来更像是一张蜘蛛网,而不像是一座城市的道路图。

那些东方人中,没有一个人有那个地道的地图。唯一了解所有的犄角旮旯拐弯的复杂分布的人就是皮瑛,是他制定了地下城的游戏规则,无论支持还是反对他的人都认为地下城是他的地盘。

基本上一切都可以概括为一句话:兔子不吃窝边草。地下城是一系列非法交易的控制中心,包括向美国境内非法输入外国劳力,在双方境内走私运送所有类别的商品,还有通过墨西哥向美国贩卖违禁品,具体地说就是鸦片烟膏和酒类。这后一项加强了两国有组织犯罪集团之间的商业联系,北边由爱尔兰人和意大利人掌控,而南边则被亚洲人把持。

皮瑛没什么可抱怨的。他的生意在地方腐败政府的关照下非常兴隆。每个新被任命为下加利福尼亚的地方长官的军人上任的时候,老人就会去他们的办公室,商讨让他的货物可以在边境双向自由通行的可行性。

然而,与下加利福尼亚的现任地方长官的关系是最紧张的。尽管每周都与皮瑛下棋,阿贝拉多·L·罗德里格斯将军并不看好亚洲商团繁荣的非法生意。皮瑛直觉到不久他们就不得不卷铺盖去寻找一个新的经营据点了。

这个念头使他很不高兴。到他这把年纪,他已经逃离过太多地方了。他老了。他见过太多他不愿意回想的事情。他疲倦了。

不过,万一需要离开墨西哥边境的话,他的健康并不是让他担心的问题,使他担心的是瑛龙。

这是他在领着伊诺霍萨医生和他的女儿走在地下城的地道里时思索的事情。不少他的同胞在看到他们的教父陪着两个外国人时大感惊异。皮瑛亲自制定的规则非常明确，只有东方人能进入墨西卡利的地下城。老人不相信任何墨西哥人、美国人或是印第安库卡帕人。

但是，所有人都知道，老人的做法和决定是无可置疑的。在起初的惊异之后，路过的人都垂下目光，扭头看向另一边了。

皮瑛和一直被冯监视的人质走在地下城蜿蜒的地道里，东拐一下，西拐一下，一会儿上一会儿下地直到伊诺霍萨医生迷失了方向。如果那时候把他丢下，他会永远无法回到地面的。

最后，老人把他们带到了似乎是地下网络中最深的地方，那里不再有行人，也没有餐馆或是鸦片烟馆了。

当他们走到地道的尽头时，一扇大铁门挡住了去路，皮瑛用他们的语言对冯吩咐了什么。他遵命上前去开门。

门一打开，一股刺鼻的气味从里面扑面而来。

"医生，请允许我为您介绍您的病人。请您费神跟我来。"老人柔声说道，将门完全打开。

在门的另一侧等待他们的是一声低吼。

## 瑛　龙

我们最先看到的是两束琥珀色的灯光悬在黑暗之中。

老人让我们走过去。

这时候,我们听到了吼声。一声使血液冻结的嘶鸣。

我很害怕,僵在门槛上动弹不得。

艾瑞毫无恐惧地朝那个洞穴的里面走去,就好像她认识那个地方似的。她带着无知者无畏的天真跟着老人走进了那片黑暗。我感到冯推了我一把,让我进去。

里面比地道里还要黑。老人一拍手,冯打开了开关。一只裸露的灯泡照亮了那个大得像一座山洞的房间。一头猛兽从里面观看着我们。

一看到它,我真希望灯光没有将黑暗驱散。

那两束灯光是它那蜥蜴一般的头上的两只闪光的眼睛,头的体积有马头那么大。它浑身的皮肤覆盖着一层鳞片,即使在微弱的灯光下,依然闪着金属般的绿光。它的身体形似一条蛇,有水桶那么粗，区别在于从它的躯干上生出四条腿来，腿的终端是强有力的爪子，让人想起马戏团里的狮子。从它长满锋利牙齿的嘴部流淌出黏稠的口水。两只长在前端的犬齿从其他牙齿中突显出来，像两把匕首。每当它张嘴的时候，都可以看到里面有一条红色的舌头打着卷。在它的口吻部的前面悬着两条类似猫鱼的胡子那样的肉须。脑门的中央生出两只粗壮的角，像鹿角那样在一根支架上分出叉来。下巴下方有一绺粗硬的毛发，颜色介乎祖母绿与海蓝之间。它的脊背中央有一溜骨质硬片排成一排脊柱，令人想起中世纪城堡的烟囱，那排骨片从头顶的犄角根部一直延伸到身体另一端的毛茸茸的尾巴那里，它的身体伸展开来估计有十一二米长。

看到我们，那怪兽显然很冷淡地打量了我们一番，嗅了嗅空气，似乎是想在它洞穴的酸臭味中分辨出我们的气味。它行动迟缓，好像有些处心积虑。几分钟后，它对我们失去了兴趣，开始用它的指甲抓它的囚室的石头墙。这很可能就是我们到达之前它在做的事情。

很奇怪的是：几分钟就可以习惯于见到这最不可思议的景象了。当皮瑛打破沉默的时候，艾瑞和我正观察着那条龙，仿佛它只是一头珍奇动物，而非一只来自噩梦般的生灵。

"伊诺霍萨医生,我想让您认识一下您的患者……"

"不!"我恐惧地想着,说不出话来。

"请允许我向您介绍瑛龙。瑛龙,跟医生打个招呼。"

那怪兽没有转头看我们,只是用一声低吼作为回答。

## 把他们活着带回来(四)

很久以来,巴克一直在调查有关美国西部某地的东方人养了一条龙当宠物的传闻和线索。故事都是在窃窃私语中传开的,就好像一个没有人敢肯定或是否定的传说。弗兰克本人完全不顾逻辑,他坚持认为这故事不是它貌似的谣传。

时光流逝,他的四处调查使他将那个人定位在加利福尼亚的南部。"一个亚洲商人。"他的情报员闪烁其词。一个飘忽的幽灵,窃窃私语的人们几乎没见过他,却都保证认识某个见过那条龙的人。

从没有一条确切的线索。

在此期间,他往返于亚洲经营他自己的生意和财富。老卡尔·哈根贝克已经成了回忆。现在,珍禽异兽市场的领军者正是弗兰克·巴克。

一个像他这样成功的企业家——这么说是因为尽管很多人把他看成一个冒险家——有可能相信他小时候听一个流浪的醉鬼讲

过的故事吗？他能相信一个老人多年前讲的开罗恐龙的故事吗？费·特·巴纳姆的遗嘱中真的有他的继承人必须向能提供这种神奇动物的活物的人支付一千万美元的条款吗？

至少这最后一个问题是有答案的。是真的。所罗门·史密斯二世，一位收藏珍稀鸟类的律师，巴克的客户、巴纳姆的律师的儿子，向他肯定了那一条被巴纳姆的后人认为是他们的爷爷老年痴呆症表现的条款的存在。

现在，经过去马来西亚出差之间的数周休假，巴克决定在忠诚的阿里的陪同下，追随巴纳姆的龙的足迹，结果遇到了古怪的瑞特，后者肯定了他的说法。

在外面，在这座城市的某处，那些住着亚洲人、印第安人和墨西哥人的木房子中、泥泞的街巷里，藏着一条龙。

"没人知道皮瑛是从哪里来的。"德国人在瓦尔多夫酒吧的吧台上已经说过。那时候阿里已经离开几个小时了，好让他们两人自己去夜店流连。瑞特喝了一口他的黑啤，在一阵做作的停顿后又继续说道：

"皮瑛大概是在一九〇八年到的墨西卡利。据说他来自加利福尼亚的萨克拉门托或是类似的什么地方。他在矿上干过活，是个有钱人。"

"没人知道他的年龄,只听说打从他十五年以前出现时就已经是个老头了,没人见过他有老婆或是孩子。

"他在华雷斯大街上开了家洗衣店。那些恶毒的人就说这是为其他生意做掩护的。从来也没有得到证实。

"可证实的是很快他就跟科罗拉多大河公司的股东、棉花种植园的特许开发商建立了联系。好像皮瑛跟洛杉矶蒸汽船舶公司合伙了,这家公司的业务是将亚洲苦力带过来收割棉花。

"在所有这些事情之中,他就是个影子,他的存在是城里公开的秘密。他没有在任何人口登记册和工商行名录上登记,他的邮件都是以他的洗衣店的名义在一个单独的邮箱接收的。

"皮瑛是一个幽灵。一个具有相当质感的幽灵。

"他控制了一半以上的向边境两边运送人口、鸦片和酒类的生意。

"你问他是怎么干的?通过一个也是谁都不知道的地下通道系统。

"我是偶然跟他产生联系的。一次闲聊的时候,有人随口提到了他的名字。那是一种自然而然的合作,我需要工作,他需要一个人来跟那些向他买酒的意大利人和爱尔兰人联系。他们不相信任何东方人,我觉得完全有道理,巴克老友。他们宁愿跟一个白人合作。那就是我。

"从那时候开始,我跟皮瑛手下的苦力一起在卡雷西哥的不同地方交付了数以加仑计的酒类。意大利人从圣地亚哥或是洛杉矶过来,把封着标签的箱子搬上他们的货车,付钱,然后消失在他们来的地方。杜松子酒、红葡萄酒、白兰地酒、朗姆酒、啤酒。爱尔兰人只买威士忌。

"每次交易之中我的任务很小。过程很简单,我从地上由老头的保镖冯陪着穿过边境线,同时一组装卸工从地下过来。

"我们总是把我们的客户约在不同的地点。我负责交货,冯收钱。

"真正有意思的是跟这些深奥难测的人打交道。皮瑛本人就好像是个从探险小说里出来的人。"

巴克表示明白了。他没有说话。

"安静,神秘,沉默寡言,但是并不是因此就没有消息透露出来。窃窃私语的人无法保守秘密。有一天,我们在喝酒庆祝卖出了特别大的一批酒时,他的保镖冯多喝了几杯。您知道亚洲人是喝不了多少的。结果这个大块头突然像个孩子一样放声痛哭起来。

"'出什么事了?'我问他。

"'骁龙,骁龙……'——他沮丧地重复着——'骁龙死了。'

"'是谁啊?'我想知道。

"'什么谁啊? 龙啊。'"

瑞特喝了一大口啤酒,停止了他的独白。他点上他的不知第几根烟,陷入了伤感的沉思,这时乐队兴奋而跑调地演奏着"抓住那只老虎"。

巴克这时候在专注于黑白混血女人的双唇。

"是啊,可是你怎么去抓一条龙呢?"那天早上弗兰克·巴克等人把早餐送到他的帝国旅馆房间来的时候自问。

他一觉醒来就发现德西莱爱不在了,她的身影在巴克身旁的床单的折痕里还依稀可见,还带着她的体温。有一刻他希望她并没有走。然后他就去想自己的事情了。

尽管宿醉未消,然而这个得克萨斯人一点一点地理清了思绪。

像亚洲和非洲人用来捕猎大象的围栏狩猎法是不可行的。尽管他曾经使用这个方法抓住过赫伯特·弗雷斯海克为旧金山动物园向他订购的大象。可是所有的信息都表明这条龙是被关在城里地下的某个地方。

他也想到了使用德式毛瑟卡宾枪来给它打催眠弹。可是,他无法计算出该用多大剂量的麻醉剂。也不知道哪种化学制剂对这种动物有效。比例不对的话，连给那愤怒地冲向猎手的猛兽挠痒痒都不够。他曾经亲眼看到一位英国人在缅甸就是这么死的。更糟的是，如果剂量过大，还会使其致死。

另外，还有把这个怪兽运回康涅狄格州的桥港市的问题，费·特·巴纳姆的后人住在那里，他得把龙送到那儿去领那一千万美元。

运送动物不是问题。在他的生涯中，弗兰克·巴克已经装运过上千只的野兽了。犀牛、大象、老虎、鸵鸟。甚至还有一只巨蟒。

但是，一条龙？

从没有人见过一条龙。也没有人有过严肃的文字记录。巴克是动物学方面的专家。他知道除了在一六○七年爱德华·托普塞于他的《四足动物与蛇的历史》一书中写到过，之后再没有人严肃地提及这类动物。

其他的都是些空论、传说，就像卡尔·哈根贝克临死前不久在汉堡对他说的一样。

任何分类学的现代文本中也都没有类似动物存在的记载。至于他本人，如果不亲眼看到它，他都当它是仙女故事里衍生出来的一条大虫。

然而，一股莫名的动力推动他来到了这个一无所有的地方，来到这个传闻中的东方老人囚禁了一条龙的地方。

一位东方老人……

当旅馆的侍者将橙汁和火腿煎蛋送到他的房间时,巴克正试图拨开使他的记忆模糊的迷雾,努力回想起他前一晚跟瑞特在国际大道上的妓院里纵酒作乐时长谈的细节。

喝下第一口果汁后,他的记忆清醒了一点。

瑞特曾对他说那个东方老人是"一个真正的杂种"。似乎这个德国人对皮瑛相当尊重。

对弗兰克来说,东方人控制边境的非法生意并不使他吃惊。他不是第一次碰到有组织的犯罪了。巴克曾经跟香港的装卸工联合会打过交道,还有飞驰在台湾海峡上的海盗,甚至是孟买的大麻贩子。在阿里和他的科尔特牌自动手枪的帮助下,他总能有惊无险。

然而,他必须小心行动。如果瑞特的话有一半是真的,那个皮瑛就是个可怕的人物。

可是一旦他脱离了保镖和护卫,他就只是个老头了。

很清楚,如果不先找到老人就无法接近那只动物。

弗兰克·巴克微笑着咬下第一口他的早餐。

他在太平洋地区已经捕猎过几十只珍稀动物了。

现在轮到一只最异乎寻常的了。一位东方老人。

## 不可能的存在

我惭愧地承认,我从来都不是个好学生。

但是我总是很清楚哪些动物存在,哪些不存在。那么,在我面前的这只动物是从哪儿来的呢?

那怪兽看起来小心翼翼地缓慢挪动着。跟被关押多年的罪犯接受来访时一样。

"靠近点,医生。我向您保证它不会咬您的。"皮瑛说。

冯的刀子在我的背上逼着我照办。

"它不会伤人的,爸爸。"

艾瑞一点也不害怕地抚摸着龙的皮肤。我伸出手也摸了摸。我的指肚感觉摸到了粗糙的鳞片,让我想到在马萨特兰的海边见过渔民抓上来的鲨鱼的皮肤。

那怪兽的呼吸就像是一台机器的马达声。一种有节奏的轰鸣,在那一刻听起来很有节奏,很松弛。

作为一种高级生物,知道我们对它不会构成威胁后,它就渐渐地习惯了我们在场,甚至看起来它对什么都提不起兴趣。

第一回合之后,我也能接受它的不可能的存在了,我产生了一股强烈的好奇心。好像我又变回了自从桂儿死后我就不干了的兽医。

"我不必跟您说它是唯一的一只了。"皮瑛开口说道。

冯微笑着点头,跟他的主子一样感到骄傲。

"它怎么到这儿的?被关了多长时间了?"

"那是一个很复杂的故事。"皮瑛回答。

艾瑞盯着瑛龙的眼睛。仿佛被催眠了一样。又或许是瑛龙被这小姑娘迷惑了?我感到很不安。

对它进行的表面检查看不出有什么明显的病症。我从来没治疗过爬行类动物,我怎么能知道呢?在西劳,我就治疗过家畜和家禽,偶尔有只猫或狗什么的。

"那么,有什么症状呢?"我边询问边检查它那两只足有甜瓜那么大的黄色的眼睛。

皮瑛吸了口气。

"瑛龙不进食了。肌肉颤抖。"

"持续的?"

"不,是突发的动作,像是痉挛那样。"

似乎为了证明这话,瑛龙的一条腿突然收缩,然后又马上放回原位。

"就是这样,是一种神经紊乱。"

"肌阵挛。"我低声说。

老人第一次露出了微笑。

"您瞧?我没搞错。您就是一位懂科学的人。"

我看着他的表情一定是很沮丧的,因为那一点点喜悦瞬间从他的嘴唇上逝去,他的眼睛看向了别处。

是的,一位懂科学的潦倒之人,鳏夫,带着女儿从祖国逃亡,却被一位东方的黑帮老大抓来给一头怪兽治病。

"另外,它还便秘。"皮瑛又开口说道。

"嗯。肠道蠕动减少。它的粪便变化大吗?"

"变得发黑发干了。几乎只是几个干球,当它有大便的时候。"冯急忙说明。我猜他想必是清理粪便的人。

"我可以检查一下吗?"

"现在不能。这间屋子每天都打扫。瑛龙几乎一个星期没有排便了。"

我能看得出来这位保镖是真为这条龙担忧。

"它都吃些什么?"

"您自己看看吧。"皮瑛指给我看一个喂马用的饲料槽。

原封未动的,有竹子,玉米粒,水果,还有我认出是柳叶黑杨的枝条,最后这种引起了我的注意。

"这么说它是食草动物。很奇怪。"

"您以为呢,医生？一头吞食小孩的猛兽？"

我没回答。

一个响亮的嗝儿在屋里炸响。一阵乌云弥漫。我无法掩饰我的不快。其他三个人似乎都没有感到困扰。

"这是症状之一吗？"

"不。这是中国龙的正常状态,医生。"

太恐怖了。然而,我看到艾瑞抚摸着它的嘴巴就像它只是一匹温驯的马的时候,我并没有吃惊。实际上,到了那个时候,已经没有什么能让我吃惊的了。然而对皮瑛来说并不是这样,他看起来非常惊奇。

"这个小姑娘非同寻常。"他在我耳边低声说。

"请跟我讲讲。还有别的症状吗？"我不该忘记这老头威胁我说如果不把他的宠物治好就砍掉我的手。

"还有一点。我认为瑛龙有些娇弱。"

"娇弱？"

老人盯着我,想必东方人看脑筋迟钝的人的时候就是这个样子。他吸了口气,然后对我说:

"瑛龙是雌的。"

## 弗兰克·巴克知道……

如果皮瑛白天出来在墨西卡利的破败街道上散步，那是因为他什么都不怕。在那个时段街上可能出现的任何东西、任何情况他都不怕。

跟这个老头对抗就是挑衅整个东方移民的黑社会，他们从大洋彼岸过来深深扎根于这座城市。

隔墙有耳，即使没有上万，也肯定有上千个亚洲人在监视着任何敢于越界的人的一举一动。

前面所说的并非一种特殊待遇。对所有到这座城市来的外国人都一视同仁。

一个得克萨斯人，穿着猎装，戴着草帽，身边跟着个马来西亚人，这在像墨西卡利这样只住着亚洲人和墨西哥人的地方显得非常醒目。

如果卡尔·H·瑞特准备好带他去找那条龙，那肯定是因为他已经计划好了逃跑，在背叛他的主子之后跑得离那座灰突突的城镇远远的。否则的话,借他两个胆儿他也不敢。

关于那条龙,瑞特所听到的也只是传闻。

在那些比育马的荒漠还要不平整的泥泞街道下面,有一张地道网,娘娘腔的瑞特将它定义为地下城,如果那条龙真的存在,那它一定就藏在那里。

一千万美元是个极大的诱惑,刺激他去想如何抓住龙并把它送到北方万里之遥的桥港市去。

冒险进入苏门答腊的橡胶种植园去抓吞食苦力的老虎是一回事,而钻进地下深处完全是另一回事。

他该戒烟了。

## 把他们活着带回来(五)

　　一名优秀的猎手第一要学习的是适应环境,模拟猎物的栖息地。悄悄地、不为所察地进入猎物的领地,一点一点靠近它们。了解它们的空间,知道猎物在哪里进食,在哪个水域喝水,在哪里排泄粪便。学习像猎物一样思考。变成猎物。用一只老虎的眼睛去看,用一头大象的耳朵去听。只有那样,才有可能融入环境。变得不可见。一个人要变成叶子,随雨水飘落,在夜晚与昆虫同声鸣唱。

　　接下来要做的是睁大眼睛,竖起耳朵。学会解读树叶枝条间飘扬的音符、溪水流淌的低语。破译天空的颜色和泥土的气味。了解鸟类的歌声以猜测猎物是否出现在围猎区内。

　　之后,就需要将猎物定位。在还没有看见它的时候就能靠直觉判断出来。听它的叫声,感觉它的呼吸。发现它的藏身之处。钻进它的巢穴。变成它的影子跟随它。从远处观察它的一举一动,使它以为自己是独处的。闻它所闻,听它所听。

让猎物产生自信,以为自己是平原、森林或是大草原的主人。让它感觉自己是第一公兽。听它在跟它的雌性伴侣交配时的呻吟。封闭包围圈。缩短猎物与切断它脖子的刀刃间的距离。在出其不意的一天,将它引入无法逃走的地方。让它受惊。体会它害怕的滋味,因为当掠夺者知道它受到来自一个更聪明的猎手的威胁,并直觉到它将在自己的游戏中被战胜时,也会害怕。只有到了这个时候,再出击。

巴克知道得非常清楚。事情会耗费时间,但是并非不可能。他做的第一件事是在帝国旅馆订了长期包房。他每天都在旅馆的餐厅吃早饭,阅读火车带来的前一天的洛杉矶时报。

忠诚的阿里总是陪在他的身边,弗兰克·巴克出门在城里到处溜达。有时候他也越过国境出现在卡雷西哥的城里。他从不在这座加利福尼亚的城市逗留很久。他发现他自己的国家很无聊。

有时候他会想念丛林。他对愿意听他诉说的人讲,他计划搞一次去墨西哥东南部丛林的探险,去为一名私人收藏家寻找珍稀动物。

到了吃饭的时候,他就光临国际大道上的那些豪华饭店。他很快就跟招待和主厨都混熟了,他们都很欣赏他出手大方的小费。作为地道的得克萨斯人,巴克是烤肉的拥趸。而阿里则是个素食者，他总是要一份沙拉。

有时候，如果运气好，弗兰克会远远地看到那个东方老人经过，身边总是跟着他的大块头保镖。在这样的场合巴克从不转头去看他。他伪装的冷淡到了晚上就消失了，那时候他会向那些墨西哥的酒保们打听这位老头。

"不，很抱歉，先生，我不知道您说的这个人是谁。您都瞧见了，那些东方人长得全都一个样。"几乎所有的当地人都这样回答。

下午，他常常跟瑞特约在某家俱乐部的吧台上。一般都是在夜猫子或是沃尔多夫俱乐部，这让他回想起好莱坞大道上的那些夜店。

"有什么消息吗？"他问德国佬。

"没有。您知道的，咱们得小心谨慎。这些狡诈的东方人连上帝都不相信。"

"咱们就别怪人家了。"巴克点上一支烟答道。

有一天晚上他陪瑞特去交货，是一批威士忌。交易应该在东三街的一座仓库里进行。

到了那里，他在屋角抽烟，阿里陪着他，他突然有了一个主意。几乎是灵光一现。

当瑞特结束交易过来，发现巴克满脸放光。

"伙计,让我请你去喝一杯吧。"得克萨斯佬说道。

他们必须穿过边境。那几乎只是一条虚拟的界线,然而却分开了两个无法对话的世界,就像无法分割的阴阳两极。

坐在顶峰烤屋的桌旁,瑞特和巴克每人要了一罐墨西卡利啤酒。阿里要了一份苹果汁。

"伙计,为什么这么高兴?"瑞特奇怪地问道,弗兰克·巴克的微笑像狮子绕着猎物转圈时的样子,使他感到不安。

"我有个计划,伙计。"巴克说。

当他把它列在酒馆的餐巾纸上时,德国人和马来西亚人都认为棒极了。

## 自然而然

我很遗憾在学校的时候没有更勤奋一点。如果我多读些分类学方面的书籍,也许我现在就能为我面前这头动物做个精确的描述。但是,在像西劳那样的村儿里,谁会对物种分类感兴趣呢?在那里,我运气好的时候才能给个鸡啊、牛啊的检查上毛病。

我正端详的这头大蜥蜴(或许是它在端详我?)得使多少动物学家和自然科学家激动不已啊,可是就我这么一个卑微的乡村兽医得给它治病。

然而,就过了个把小时,这怪兽就失去了它的神奇劲儿,而变成只是一头动物了。巨大而独特,但是只是头动物。

最令人惊奇的是发现它是个很容易驯化的动物,一旦它感到可信,它就允许别人抚摸它。

用手掌滑过它的肋骨的感觉就像是抚摸一块粗糙的石头。它的身体摸起来是温热的,这使我大感惊讶,因为我知道所有的爬行类动物都是变温的或者说是冷血的。尽管我马上想到,在这样一个洞穴里想让这么大的一头动物保持恒温是不可能的。

"瑛龙是从哪里来的?"

"嗯……从一只蛋里。"老人回答。

"好吧,这我已经知道了,但是我需要知道它是从什么地方来的,那里的气候是什么样的,是否潮湿,等等。"

老人静静地看着我,好像一瞬间忘了怎么说他一直用来交流的标准西班牙语了。

"如果您不告诉我这方面的信息,那我是治不好瑛龙的。我需要了解来实施治疗。"

"那些……蛋是被从四川省自贡附近的某个地方带来的。那是个潮湿的地区,雾气缭绕,气候恶劣。"

"被带来?被谁?什么时候?"老人面无表情,我知道继续追问是没有用的。

与此同时,冯在屋子里的一个角落里观察着我们。他的双臂交叉抱在胸前,脸色沉着,使他看起来更加凶狠。艾瑞还在为龙着迷,而龙似乎对小姑娘也感到很亲切。

"医生,一切都发生在很久以前,龙的生长周期是很长的。那些蛋用了几十年才成熟。"

"那些蛋?还有其他的……龙?"

"两条。原来有两条。"这个话题似乎使老人很窘迫。我让皮瑛很不愉快地提起龙的生长故事。

"另一条龙在哪里?"

我第一次看到他的脸色变得悲伤。冯显然非常动容,他插话道:

"那条……公的不久前死了。从那时起这条母的就病了,我们猜测是伤心所致。"

"怎么死的?"

"我们不知道。有一天,我们发现它躺在地上,像石头一样冰冷了。"

"那是自然的。"艾瑞随口说道。我们三个成人都盯着她看。她没把目光从龙身上移开。在艾瑞对着龙低语一阵之后,她扭头对我们说:

"公龙在交配之后就会死去。"

在我女儿面前,我对人体和生命的奥秘从不遮遮掩掩。作为信奉科学的人,我在家里说一是一,说二是二。但是那个词儿从她纯真的嘴里冒出来还是使我很不舒服,听起来很污秽。或许更确切地说,我女儿看起来能跟动物沟通的事实使我很震惊。

"交配?"那两个东方人看起来是真的震惊了。

"公和母。听起来很合理。请告诉我,皮瑛……"

"医生,我没有什么可回答的了。我请求您专心于您的工作。冯会为您提供您所需的一切。他会告诉您哪个房间是您的。现在我得走了。"

没有更多的客套,他通过我们进来的那个门像个影子一样从房间里消失了。

冯突然变得很和蔼地说:

"请跟我来。"

在给饲料槽里加满新鲜草料后,我们从那个洞穴里出来,冯关好了大门。我们穿过那些地道一直走到一个人多些的地方。

几十个人在我们身边来来往往,走路的,做饭的,抽水烟的。

在某条通道里,冯将我们安置在一个房间,屋里的地上只有两张凉席,还有一个托盘上面放着两碗米饭,还冒着热气。食物的香气唤醒了我的肠胃,我的肚子在愤怒地叫着。艾瑞也一样,她都流口水了。

"请慢用,好好休息。明天我来接你们去继续给龙检查。"

他没再多说,出去,从外面把门关上。

饥饿使得我们觉得无味的米饭都变得美味异常。

## 黑 暗 中

午夜：

"爸爸。"

沉默。

"爸爸。"

"嗯？你跟我说话吗？"

"是的。"

"说吧，艾瑞。"

"为什么我们会遇到这些事情？"

停顿。

"爸爸？"

"我正想呢，艾瑞。问题是我不知道。"

"如果妈妈在，她会怎么办？"

更长的停顿。

"如果……你妈妈在，我们就不会在这里了。"

这次是艾瑞沉默了。

"艾瑞,你在哭吗?"

沉默。

"艾瑞?"

"有时候,我喜欢你叫我女儿,或者闺女。"

医生烦恼地嘟哝着。

"我习惯这样叫你了,艾瑞,一个中性的名字,这样没人会察觉你是个女孩。为了没人……"

"没人怎么样?"

"你……你……"

"没人欺负我?"

"还要更糟?"

"那么更合理的就是我化装成男孩,然后到处去骗人?"

"……"

"回答我。"

"别这样跟我说话。"

"如果那个可恶的中国人今天想碰我,你会怎么办?"

"阿里亚德娜·阿兰萨苏!这叫什么话?"

沉默。一阵轻微的啜泣。听起来是哭声。

如果房间里开着灯,艾瑞就会看到她的父亲脸涨得通红。也不知道是因为气愤还是羞愧。连医生本人也不能分清楚。

他很清楚,他的小女儿快到青春期了。

那该怎么办呢?

过了一会儿,哭泣声被女孩的平静呼吸替代了。

那一整夜医生都未能入睡。

## 昨夜你为何入睡？

阿里，你看那边走着的那个大个子东方男人。看到了吗？他就是总陪在老头身边的那个人。偶尔会看到他独自一人上街。他长着一副婊子养的样子，你说呢？我要假装从他身边经过。我需要你好好观察我们两个，好吗？我这就回来。

（巴克朝那边走去，那人正沿着阿苏埃塔街迎面走过来。阿里从街角那里仔细地盯着他们。两人擦肩而过，然后冯从马来人身边经过，走远了。巴克在街角拐了个弯，绕着街区转了一圈，从另一边回来了。）

你看到他了吗？你仔细看了吗？

（马来人点点头，完全不明白他的主人的意思。）

你告诉我，我们差不多一样高吗？

（达拉姆·阿里对这个问题很感惊讶地点点头，不太确定是不是炎热和他的主人在墨西卡利喝的那么多啤酒损害了他的理智。）

那体格呢，阿里？我们体格相似吗？

（马来人感到彻底糊涂了。这是什么问题？）

该死的！你觉得他能穿我的衣服吗？

（阿里一向知道白人都是疯子，而美国人更是，他的主子在全世界的疯子中肯定能取得名次，但是这一次，他似乎超越了极限。这叫什么问题啊？）

见鬼了，阿里！你难道不懂英语吗？我再问你一次，你觉得那个中国人和我能穿一样的衣服吗？

（巴克的愤怒使阿里很害怕，他胆怯地点点头，眼神里充满忧虑，他很了解弗兰克的狂暴，他已经爆发过上百次了。如果在东南亚的原始森林里他失去过理智，那在这个墨西哥的边境、追寻他孩提时代起就有的幻想时还能期待什么呢？）

太棒了！我就知道，我的计划很顺利。

（巴克带着前所未有的热情拥抱了他的助手；阿里不记得他曾经亲切地接触过他的身体。或许没有。巴克转了半圈，像一只孔雀一样走在街上，同时点上烟，用口哨吹着"昨夜你为何入睡？"）

你别傻愣在那儿呀，阿里，我们有很多事要做呢。来吧，走啊。咱们得去给一位老朋友发个电报。你看清楚他穿的衣服了吗？

## 东方故事(七)

在地下城中央,皮瑛无法入睡。他的房间里一片寂静。

刚一合眼,他的脑海里就涌现出那些景象,好像在他的眼皮后面有一张电影屏幕,上面播放着他的回忆。

老人很希望放映的不是这个,他希望呈现在他眼前的是他常去卡雷西哥的里亚尔图电影院欣赏的查理·卓别林的短片。

皮瑛的回忆没有回到那些颠沛流离时的苦难,而是猛地回到了多年以前他童年的老家,回到一个士兵闯入他的房间的那天晚上,那个士兵以为那是他父亲的房间,他想把途中遇到的一切都毁掉。

他又一次历历在目地看到了那场吞噬掉他家房子的大火,看到他和老王逃往码头,他们从那里上船到了美国。

旅途是很艰辛的,充满了苦难,跟年轻的皮瑛和他师傅一起上船的人中没有多少幸存下来的。

在旧金山登陆后也很曲折。在移民局里,一位姓利博的官员专门针对那即将失明的老人和他年轻的同伴，不断地羞辱他们。

在任何时候，老王都一直小心翼翼地保护着那三只大圆珠，他从老家的灾难中把它们抢救出来。皮瑛经常问他这三个神秘的甜瓜大小的圆球究竟是什么。

而他得到的回答一如既往的是他师傅的沉默。

老王在他们的新国家有一些关系。这使他能为他们俩在萨克拉门托街附近的洗衣店里找到一份工作。工作很辛苦，特别是对于一位习惯了奢华生活的少爷和一位快要瞎了的老学究来说。

如果是在大洋的彼岸，身边的这些苦力一定会服从他的任何任性的要求，而在这里，皮瑛置身于他们中间，开始策划一个逃离他师傅监管的计划。

老人坚持想让他们两人移居芝加哥，那里的移民社团已经稳固。他们可以利用他们在旧金山的经验在那里开一家洗衣店。

皮瑛有另外的打算。

一天晚上，在洗衣店的员工聚居的一间集体宿舍里，年轻人假装睡着直到他听到老王打呼噜了。

在黑暗的掩护下，已经不再是小孩的皮瑛一直溜到他师傅藏那些大圆珠的包裹前，想要悄悄地偷走它们。

一阵他自己都感到惊奇的同情心涌了上来，小伙子决定给老人留下其中一个。这些圆珠肯定很值钱,在他剩下不多的时间里,够他用的了。

皮瑛悄无声息地包好圆珠,出了宿舍,从此再没有任何老王的消息。

逃亡的故事在老人的眼皮后面模糊了,向后跳到了他自己的故事,这时的皮瑛已经是多年以后在加利福尼亚的萨克拉门托地区开了洗衣店的成年人了。

皮瑛已经决定扎根在一座叫佛森的小城,在被他视为第二祖国的加利福尼亚。

洗衣店的兴隆生意之下,这个店主开始用同乡和社团编织一张复杂的网。这是一种含蓄的称呼那些被黑社会控制的团体的方式。

在一种多年前就被老王定义为他的父辈家族特有的本性驱使下,皮瑛决定保持一种低调的风格,总是生活在黑暗里,隐藏在一种舒适的地下状态中,这样可以使他获得更大的操纵范围,跟他那些好斗的同乡不一样,他们为了争地盘打个没完,皮瑛却觉得很无聊。

合法也好,非法也好,就是在那段生意蒸蒸日上的时期,皮瑛发现在他多年前从老王那里偷来的一只蛋上,出现了一丝裂缝。

那两个圆球摆在皮瑛在利雷街的大房子里的一座玻璃柜中,

在所有收藏品中占据了一个特殊的位置。他从没有想过要跟它们分开,那是他跟从前生活的唯一联系。

二十年后,躺在放着大靠枕和丝绸床单的床上,老人以照片般的精准回想起在那颗小行星般的细滑表面出现裂缝的时刻。

当时他的第一反应是找到小吴,负责给玻璃柜清洁、除尘的人,为他的重大失误而狠狠抽了他几鞭子。然而,那条细线就在他的眼前嘎吱吱地越变越大了。

他的双脚被眼前的奇景牢牢地钉在地上,他看着一只圆球上渐渐画出一幅蛛网。当他看到另一只宝珠也开始破裂时,他的惊恐加剧了。

当第一个小生命打破蛋壳挣扎出来的时候,它迎面看到一位上了年纪的老人正惊奇地注视着刚刚发生的这场奇迹。

皮瑛在那一刻很想搞懂很多事情。他试图猜测老王从他家里只抢救出这三个蛋的原因。他努力回想了一下,这三个奇异的蛋究竟从哪里来的,但是他的思绪被第二个蛋壳的破裂打断了,又一只蜥蜴破壳而出了。

当老人回忆起当时将两个小生命抱在胸前的那一刻,他心中重新涌起了二十五年前的那种感情。

他终于找到了他的家人。

## 见到狼在哭泣

我没睡好觉。整晚都有一幕幕的图景使我不得安宁,我没能休息好。

当我醒来的时候,艾瑞背对着我坐在地上,像印度人那样盘着腿。

她似乎正俯身在跟一只小老鼠玩耍。

"你干嘛呢?阿兰萨。"我问她。

小老鼠逃走了,消失在屋角处。她扭头看着我:

"叫我艾瑞。"

夜里,有人在房间里放了一个洗脸盆,里面有干净的水,还有两条毛巾。我静静地洗漱的时候,想到我们已经旅行很长时间了,一路上的沟沟坎坎肯定在我们的全身都留下了痕迹。这些痕迹中最明显的一个,就是将我的女儿,我的心肝儿,变成了一个男孩。

过了一会儿,来了个年轻人,送来了两碗米饭。我想抗议,我们在地下城的时间里,除了米饭没吃过别的东西。但是我明白跟不会西班牙语的人说这个是没有用的。

我们静静地吃着,坐在我们"房间"的地上。我想到我们在地道里见过的那些人都群居在那种宿舍里,他们的私人空间就只剩下他们睡觉的那张席子。就在这时,我才意识到这里没有女人。再想到艾瑞,我感到胃里堵了个疙瘩。还是装扮成男孩更好。

我没有时间来结束我的不快。冯到房间来带我们再去看我的病人。

"你说龙在交配之后就会死去?"我们看着瑛龙在吃冯放到饲料槽里的草料时,我问艾瑞。

"是它这么告诉我的。"

"艾瑞,劳驾,别再跟我来这一套了。你从哪里知道的这些?"

她愤怒地看着我。我只好把目光移开。

我不想吵架。我看到那条龙不吃竹子。它的迟缓行动每每被痉挛打断,因为它的体积庞大,它的痉挛看起来就更加地触目惊心。

交配。

我脑子里闪出一个念头,就像流星划过夜空。我转过头去面对着冯,用一种我自己听起来都觉得很陌生的权威感对他说:

"请把皮瑛叫来,朋友。我知道他的龙得什么病了。"

那大块头对我说话的方式很惊讶。他什么都没说,出门执行我的命令去了。

半小时之后,老人出现在龙的洞穴里,满怀期待。

"我有两个消息要告诉您。"我拿腔作调地说。我可以看到皮瑛也注意到我所表现出的前所未有的信心了。

"请讲。"他几乎是恳求地答道。

"第一个,您的母龙非常虚弱。我们所观察到的症状都是因为这个:便秘、痉挛、没有胃口。瑛龙急需有人为她补充矿物质,以补偿生理变化所引起的矿物质的巨大流失。而第二个消息是最重要的。"

皮瑛急切地盯着我,像孩子等待他的糖果一样。那一刻,老人的表情有种佯装的平静感,就像他假意很慷慨地强迫我们住在他的地下城一样。我刻意停顿了片刻,就是为了让他焦虑。

"请讲。我恳求您。"老人说道。

"瑛龙怀孕了。不久之后她就会下蛋。为了能生长出同样的蛋壳,龙需要大量的矿物质,而你们现在为它提供的日常饮食中并没含有这些物质。必须给它补给,以免它的骨骼受到影响而弄断一只爪子或是发生别的更糟的事情。"

这位东方教父在第一句话之后就没听到别的了。他的眼睛被激动的泪水蒙上了一层雾气。脸颊上流淌着两行泪珠,沿着他脸上的沟壑滴落。

这就像是见到狼在哭泣。

哭过之后,他擦去眼泪问道:

"您将如何治疗?"

"必须在它的食物里添加它正消耗的矿物质。快速的解决办法是给它一大块盐,就像给奶牛使用的那样,但是我更希望由我来调制。"

"您需要什么?"

艾瑞被派到地面上去购买为瑛龙准备营养补品所需的东西。有那么一会儿,我很嫉妒她的小脸将会亲吻到阳光。尽管那将只有几分钟,然而我已经很为她感到高兴了。

在冯的陪伴下,她消失在通往皮瑛的洗衣店的地道里。老人和我留在沉默之中。

瑛龙发出亲切的低吼。

## 一顶可怕的草帽

当达拉姆·阿里看到那个大块头东方人跟一个白人小孩从洗衣店里出来的时候,他知道那里一定有什么重要的事情发生。

巴克已将洗衣店锁定为皮瑛的生意据点,奉巴克之命,马来人从它开门之前就开始监视店铺的大门。他从没有看到小孩进去。

他跟着那两个人沿着华雷斯大街一直走到那家百货商店,似乎全城的人都到那里买杂货。

这份差事让阿里很不舒服。在印度的橡胶园里追踪老虎是一回事,在一座小城市跟踪一个瘦弱的老头和他的保镖则完全是另一回事。

但是他知道跟他的主子没有讨论的余地。当他的脑子执著于一个念头时就更不行了。

他陷入了自己的思绪,差点在小孩和大块头从商店回洗衣店的时候跟丢了他们。

阿里谨慎地保持着一段距离,很感激他的长相使他能够混迹于满街走着的东方人里。

巴克强迫他去买来并穿上一件那些苦力都穿的真正的棉袍,而且把他的宋谷圆帽换成一顶可怕的草帽。

不过,他知道任何一个中国人只要仔细地看看他,就会立刻发现他并非他们的同乡。

他看到那一对又进了洗衣店,没再一起出来。过了几个小时,冯又出来了,过了几分钟,他带了一个大纸箱回来,里面装满了在阿里看来好像是空蛋壳的东西。

他在门口又等了一个小时。因为再没有人出来,他决定结束他一天的工作了。

他迈步朝沃尔多夫沙龙的吧台走去,他知道在那里能碰到他的头儿和卡尔·H·瑞特。

他有消息要向他的头儿汇报。

他确信他会觉得是好消息。

## 恭　喜！

　　伙计们，计划是这样的，弗兰克·巴克坐在酒吧的桌边说。他和瑞特在喝威士忌，而阿里在喝苹果汁。你，卡尔，你得去告诉中国人，有一个得克萨斯人，也就是我，有意以很好的价格购买一箱威士忌，而你已经答应将为他调查你能为他和他的干渴的喉咙做些什么，由于他是你的一个很好的朋友，又是那种疯疯癫癫的石油大亨中的一个古怪的百万富翁，虽然你知道皮瑛是个批发商，但你很想让你的朋友感到满意；重要的是你要告诉他，这个得克萨斯人常在他的靠近圣安东尼奥的庄园里举办盛大的聚会，如果他对这次交易满意，他肯定会购买几十箱酒来筹备计划于明年夏天举行的他女儿的婚礼；我确信这将会激起皮瑛的商业欲望。巴克停下来点了一支烟，深深地吸了一口，又接着说了下去，烟雾从他的嘴里一股股地冒出来，就像卡通连环漫画里的人物说话时出现的气球；那么我们就约好你将卖给那个得克萨斯人，也就是我，一箱威士忌，只是一箱，那么就不需要带着一队的苦力来扛箱子了，而只要那个当保镖的大块头就够了，我不知道他叫什么名字。冯？我觉得这个名字很合适。①问题是你一定要在卡雷西哥选定一个交易地点，随便你定，或者是阿里和我陪你去过的那家仓库，或者是某个你们平时向那些爱尔兰人或意大利人交货的地点。我相信那些地道有出口通向那些地方，因为我们从没有看到过东方人带着酒箱越过边境线。当咱们完成交易后，阿里和我就把大块头制伏，把他捆起来留在仓库里，我们进入地道。我将穿上他的衣服，因为我们俩的高矮体格都差不多。巴克停顿了一下，喝了一口酒，噘了一口烟，等着他的某个同伙为他的奇思妙计叫好。由于那两个人都没有这么做，他继续说下去。阿里和我沿着地道逆向一直到达根据我的观察应该聚居着大量东方人的地方。如果我的直觉没欺骗我的话（阿里在这儿可以作证，我的直觉从未错过），这就应该正好是地下的位置，在华雷斯街和阿苏埃塔街的拐角处，那里离边境线几乎只有三个街区远，而离仓库也就五六个街区。我们装扮成亚洲人，尽量不为人察觉地通过，直到找到关着龙的笼子，那是不太可能被轻易藏起来的东西，然后就，搞定！搞定？瑞特怀疑

---

① 巴克指的是一个文字游戏，中国人冯的姓氏发音跟英语词汇 funk 的发音很接近，funk 可以泛指一种莫名的恐惧状态或是一场灾难。——原注

地问道,当你们找到它之后要做什么?你们怎么把它从那里弄出来?我们将会沿原路返回到仓库里,在美国的地界上,你将在那里等我们,准备好一辆运送车,将这个宝贝送到火车站去,从那里我们就能把它很容易地发到康涅狄格州去了,留下的只是那些被捉弄的东方人。等到他们意识到有人偷了他们的宝贝时,我们已经在去往北方的路上了,去找巴纳姆的继承人要钱,嗯哼,只要能带去一头活的这么奇异的动物就保证交付的那笔钱,从中我们要付给你承诺的百分之十的部分,卡尔,你会得到一万美元呢。有什么问题吗?瑞特和阿里都不作声。巴克将他们的沉默理解为无声的赞许,为了庆祝,他喝干了他的杯中酒,而阿里在认真地研究使他的饮料冷却的冰块,瑞特在思索他的朋友的计划中所有的漏洞,如果那条龙像大家猜测的那么凶猛,他们怎么才能降服它呢?怎么能将这么大的一头巨兽通过地道运走呢?如果有人发现那个东方人不是冯而是一个乔装打扮的得克萨斯人该怎么办?但是在想了一会儿之后,他得出个结论,最糟糕的情况是,如果一切都失败了,瑞特可以辩解说他自己遭到了巴克和阿里的袭击,他可以假装他被他们捆在卡雷西哥的仓库里,这样可以避开皮瑛的怒火,愤怒的皮瑛一定乐于将最残酷的刑罚施加到敢于冒险闯入地下城去偷他的龙的蠢货身上。

是的，弗兰克，你的计划完美无缺，瑞特说道，这时酒保又端来了一轮酒，咱们为它干杯吧。恭喜！

那些人没有看到未来等待他们的是一场悲剧，他们一口干掉了杯中酒。

## 最精致的美食

我将我们所需要的所有的东西都放在桌上。五公斤糖浆,一公斤尿素矿物质肥料,半公斤盐,半公斤蛋壳以及两公斤半的棉花籽仁儿。

他们给了我们一间厨房,地下城的地道里有很多间。小叶是皮瑛的一个手下,他的西班牙语说得最好,他被派来协助我们,并学习制作过程,以备我们日后离开。至少我是打算离开的。

我想起了所有那些跟艾瑞一起准备伊诺霍萨-史密斯博士牌神奇药水的时刻。我扭过头去看她,而她正冲我甜甜地微笑。这就足以振奋我的精神了。

我们把尿素倒进一口锅里。然后将糖浆加进去,直到肥料全部溶化。我用石臼把蛋壳磨成粉末,而艾瑞把盐和棉花籽仁儿搅拌在一起。

我将蛋壳粉加进去,然后把所有的东西和糖浆搅拌在一起,直到把它们做成一个黏稠的面团,然后把它分灌进五个空的黄油罐里。我们等着它沉淀下来,然后再放入烤箱,用低温烤制以使它们凝固成团,因为如果等它们自然变干,会需要两星期的时间。六小时之后,我们就有了五个同样的方块,它们将在龙的妊娠期中定时供给它营养。

通过观察我发现,这条龙的行为方式跟鸟类更相似,而不像是我在学习阶段接触过的有限的爬行动物。然而,据我分析,给家禽所用的剂量对于像瑛龙这么大型的动物是不够的。

我也不能不想起康奈利,我在兽医学校的一个同学,他早就决定专修珍奇动物学以便日后在他家的动物园工作。我们其他人私下里都很嫉妒他,因为我们注定在余生里只能给牛啊、狗啊的做做检查。或者说那是十五年前我对自己未来职业的想象。我自问,如果康奈利看到我面前的这个奇特患者,他的脸上会是什么表情呢?

当那些块状营养物做好后,小叶把它们从黄油罐里取出来,在桌上摆成一排。他难以抑制地露出满足的微笑,这笑容感染了艾瑞,而她又传给了我。

至少有那么一刻,我忘记了如果我的治疗失败,他们会砍掉我的双手。

冯又一次领着我们置身于农民和小贩中间,走在地下城的走道里。我很惊讶地看到我的心肝儿在那里行动自如,仿佛她从出生起就跑惯了那些地下通道一般。她很快就走到了大块头的前面,根本不需要问路。

我们进了瑛龙的洞穴,发现她的饲料还在食槽里原封未动。冯将一块新饲料放在它喝的水的旁边。我希望它在喝水的时候,那个方块能引起它的注意,然后它能像牛那样去舔着吃。

可是,那条龙对食物和水都无动于衷。它似乎陷入了深深的忧伤,简直跟人一样。

"我想,医生,您的方法不会起作用。"冯下了结论,他脸上虚伪的和气完全消失了。

"等一下。有一个解决办法。"艾瑞低声说道。她走到食槽那里,拿起那块很像是巨型糖果的饲料,走到瑛龙身旁,把它举起来递给那条龙。

我不是唯一一个呆呆地看着闺女的人。冯似乎变成了一尊雕像。

开始的时候,瑛龙对小女孩表现出对冯同样的冷淡。但是由于艾瑞的坚持,她终于引起了母龙的注意,它一点一点地朝女孩靠过去。

看着一头如此巨大的爬行动物向举着一块异乎寻常的药品

的你的女儿靠拢过去是一件很令人惊恐的事情。然而,考虑到我的双手的完整性就取决于女儿的这一举动,这缓和了一点我的不快。

我开始为人类对于蜥蜴类动物的感情感到担心。我们这些跟动物打交道的人总是会不由自主地试图从它们的脸上隐约看出亲切的表情。当然,在一位兽医的培养过程中,他会被告知要警惕向这种脆弱让步的危险性。这会在医生和他的患者之间产生一种既危险又虚假的温情联系。但是我以对桂儿的记忆发誓,瑛龙是带着不信任的表情看着我女儿的,就像孩子怀疑妈妈给他的药一样。

起初,母龙将脖子伸向艾瑞,嗅了嗅那个盐块,好像那是一团粪便似的。在猛吸了两三下之后,它似乎得出结论,觉得闻起来不坏。它又靠近了一点。

它伸出有披风那么大的更像是狗类的而不像是爬行类动物的舌头舔了一下那个营养块。它吧嗒吧嗒嘴似乎想咂摸一下滋味。它又舔了一下。冯和我都呆在原地动弹不得。艾瑞则坦然自若。

第三口看起来舔得很惬意。之后,瑛龙就贪婪地舔食起那个方块了,仿佛那是最精致的美食。艾瑞为母龙高兴地笑着,龙嘴角的口水都流成河了。

最后瑛龙用牙齿整个地叼起那块饲料,啧啧有声地咀嚼着,终于全部吃掉了。这同样大小的一块,一头牛要用一个月才能吃完。它吃完后,满意地打了个嗝,发出一声哼叫,震动了整个屋子。

艾瑞回头看着我们,仿佛从恍惚中回过神来。

"它还想吃。"

## 没什么更不公正

那些日子很紧张。

瑞特没能让皮瑛决定卖给那个想象中的得克萨斯人一箱威士忌。巴克整日地吃喝嫖赌,阿里都开始担心了,他已经摸清了冯的作息时间和行动习惯。他们完全确信,那家洗衣店就是通往地下城的入口。只有上帝和魔鬼知道还有多少其他的门。

巴克一点都不信任他的同伙。在一次他引以为豪的大放厥词中,他提出给他一万美元的酬劳,这跟他向巴纳姆的传人收取的一千万美元相比简直是九牛一毛。他根本就不喜欢这个德国人,他受不了他的娘娘腔,也不喜欢他在酒吧里聊天时的自吹自擂。无疑,如果事情败露,他会是团队里唯一被牺牲掉的。如果在逃跑的时候有人追上来,巴克会毫不犹豫地把他抛下。

"有什么消息吗?"这已经成了巴克在那些夜店的吧台上见到瑞特时的问候方式了。

"什么都没有,弗兰克。你知道的,那个老头是个难啃的家伙。"这是德国人不变的回答,同时他会坐下来叫一杯黑啤。

阿里确信墨西卡利的炎热已经使他的主子神智错乱了。才刚到五月,气温已经超过了华氏一百度、摄氏四十度。

马来人很担心本来很理性的巴克为了追踪那头怪兽已经着了魔。龙?拜托,阿里非常清楚没有比科莫多龙更大型的爬行动物了,他们曾经一起抓到过好几回呢。这位忠实的助手断定,无疑是蔬菜的匮乏深深地损害了他主人的大脑,因为他已经习惯于生活在东南亚的丛林里了。

不远处,就在离巴克和阿里下榻的帝国旅馆几十米的地方,伊诺霍萨医生和艾瑞正在应付他们自己的问题。

在那条龙的地下洞穴里,父女二人很高兴地看到母龙的健康状况大有好转。"不可能更快了。"医生跟闺女开玩笑以减轻一点压力。

伊诺霍萨医生对于瑛龙迅速的代谢感到很高兴,它通过吞吃矿物质营养块很快地补充了钙质。

时不时地,皮瑛会出现在那里来亲自检查被他当作女儿的龙的健康。他带着掩饰不住的欣喜发现,在吃了两周营养块后,不仅瑛龙的小毛病都消失了,而且它的肚子明显地膨胀起来,大家都猜测那里就是它繁衍后代的地方。现在,小叶已经在厨房里准备出几十个营养块了。

"可恶的老王该骄傲了。"一天,他高兴地看着他的宠物咀嚼艾瑞递给它的竹子时咬牙切齿地嘟哝着。

"您说什么?"

"没什么,医生,我想起了一位老朋友。他多年前死于一场火灾。至少据我所知是这样。"

"啊,皮瑛,我刚好想跟您说说这个。"

"什么?"

"是关于瑛龙所摄入的大量纤维……"

"嗯?"

"是谁给它定的食谱?为什么给它吃这些东西?"

"啊。您看,从那两条龙出生开始,我就绝望地摸索怎么喂养它们。起初我以为它们是食肉动物。我命人给它们吃切成块的生肉。我试遍了所有的肉类:猪肉、牛肉、鸡肉。包括鱼肉和海鲜,可结果只恐惧地发现它们厌恶地拒绝一切,就好像我们给它们吃的是粪便一样。我怕它们因为营养不良而死去。"

"然后呢?"

"有一天,我发现骁龙,就是那条公的,在啃一只椅子腿儿。它从蛋壳里出来后,我们就把它们养在一只篮子里,它从那里面跑出来了。于是我发现它们很喜欢木头的气味。我试了好几种,直到发现柳叶黑杨是它们觉得最美味的。然后经过简单的推理,我想既然它们来自中国,又是食草动物,那想必会很喜欢竹子。我的推理没错。"

"我已经看出来了。"

"有什么不对吗,医生?"

"没有,没什么不对。只是……好吧,您已经察觉瑛龙释放出的酸性气味了。"

"是的。"

"木头富含糖类、纤维素和木质素,这些都在它的胃里得到分解,释放出含有硫化物、氢气和甲烷的气体。"

"这说明什么呢?"

"这些都是高度易燃气体。或许这解释了那个说龙会喷火的传说。不过它释放出的气体并不是按比例生产的。我猜想,它们在它体内的某个腔体里聚集,然后喷发出来。我想这是它的防御系统。我相信它通过磨牙能摩擦出点燃那些气体的火花。"

"您究竟想告诉我什么呢,大夫?"

"就是照顾它的时候必须非常小心。一个小小的火花,不管有多小,都有可能酿成一场悲剧。"

皮瑛严厉地看着兽医,比他希望的时间还要长。

"这我已经知道了,医生。当它们感觉到威胁的时候就会发起攻击。但是,瑛龙对我的照顾感到很安全。"

"是……是的,这我知道……"医生咕哝着。

两人陷入一阵难堪的沉默。几分钟后,伊诺霍萨医生先打破了沉寂。

"有……有件事我想跟您说说。"

"请讲。"

"我想我的双手安全了吧。"

"可以这么说,是的。"

"我们什么时候能离开呢?我的意思是说,艾瑞和我什么时候能继续上路?"

"当您的工作完成了。"

"……"

皮瑛的表情更加强硬了。

"您自己说的。瑛龙正在待产。"

"是的,可是……"

"一旦它们降生了,健康又安全,母龙状况良好,您就可以离开墨西卡利了。"

"哦……不……"

"您的手继续当抵押。"

老人转身要走。

"这不公平!"医生抗议道。

"没什么比完美的正义更不公平的了。"皮瑛说,然后消失在地道的黑暗中。

### 伊诺霍萨医生知道……

世界上没有任何一个兽医曾经记录过龙是如何分娩的。

如果所有的动物都是独自产蛋的,没有什么能够保证瑛龙能在生产过程中保持完好。他想到了母蝎子,幼仔一从蛋壳里挣脱出来,就会把母蝎子吞食掉。

他的女儿坚持说她能跟母龙交流。

如果上述都是真的,那她在那条龙下蛋的时候就能帮上大忙。

艾瑞极不可能,别人也不可能,跟任何动物交流。

他真的很爱他的双手,甚至超过他自己的女儿。

皮瑛是个真正的婊子养的。

## 一个臭跑腿儿的

"有什么消息吗?"当瑞特出现在特克洛特酒吧的吧台时,巴克不知第几次地问道。

"事实上,是的。"

猎手能够感觉到他的脉搏加速了。他一个月积攒起来的醉意几乎完全消失了。

"什么消息?"

"皮瑛打算卖给那个古怪的得克萨斯百万富翁一箱威士忌了。"

"噢,兄弟!"

"说服他是很难的。每星期我都在市政府的出口那儿等他,他去那里跟总督下棋。"

"我还以为你跟他有直接的联系呢。"

"噢,没有,他每次需要我的时候才找我。如果不在街上遇到他,那我是没办法跟他联系的。"

"一个臭跑腿儿的。"弗兰克心想。在他眼里,瑞特更可怜了。

"不过,他要卖给我们威士忌了?"

"正是如此。"

巴克默默地用一秒钟感谢上天让他生活在美国之外。禁酒令对于像他这样酗酒的人来说是不可忍受的。他点上一根烟,吸了一口,然后问道:

"何时?何地?"

"下周二。东三街的仓库,是我的建议。"

"至少是个有效率的跑腿儿的。"巴克想。他这次没有提议干杯庆祝。他喝干了杯中酒,从桌旁站起身来。

"这样一来,咱们就有很多事要做了。咱们去旅馆跟阿里敲定一下细节。"

## 酗酒的毛病

他们走在酒吧街破败的街道上。在路上,他们碰到了一对儿库卡帕印第安人,他们怀疑地看着他们,仿佛半裸着走在街上、身上涂满彩绘的是瑞特和巴克。弗兰克已经习惯了在墨西卡利见到他们的存在,他们几乎比亚洲人还要鬼魅。

"真遗憾卡尔·哈根贝克搞的人类动物园再也没有了。靠这样的人,我就能发大财了。"

瑞特没回答。他陷入他自己的回忆里了,他想起当他还是个孩子的时候,在汉堡见到展出的两个因纽特人。

在他身边,得克萨斯人在心里默默地庆贺这个疯狂的行动终于接近尾声了。在他下榻的房间的衣柜里,很多天以前就放了一套东方人的化妆服,是他让好莱坞的一位裁缝做的,经火车给他邮寄到他在卡雷西哥为业务往来而单开的信箱里。

这个关系是克莱德·E·艾略特给他介绍的,巴克是在洛杉矶的一次电影首映式后的鸡尾酒会上认识这位电影导演的。

是的，艾略特认识这个人。他是一位五十多岁的犹太人，在华纳兄弟公司的服装部工作过九年。

"他是个伟大的艺术家。"艾略特介绍说。"只是他有酗酒的毛病，所以他有时候会忘事，但是一般来说，你可以信任他。"

巴克曾经在电话里简单地向这个裁缝描述了冯通常穿戴的袍子和草帽的样子。通过电报，他给他发去了卡雷西哥的一位女裁缝给他量的尺寸。

两周之后，巴克接到包裹时的喜悦马上变成了打开包裹时的激怒：那个家伙给他做了一件红色的绸缎衣服，上面还绣着几何图案，典型的中国人的服装。

巴克确信，在接到大骂他干错活儿了的电话后，那裁缝的耳朵都会出血的。那个犹太艺术家只咕哝着说抱歉并答应再重做一件，可是他听到的回答是一句愤怒的粗话，然后巴克就把电话挂了。

弗兰克还想过要给那个导演再打个同样的电话，可是他不知道什么时候还能用得上他，所以他决定不那么做。

现在他只好在袭击冯之后，再穿上冯的衣服了。

说实话这使他感到有一点恶心。

## 不要放弃

"到时候了。"艾瑞说。

瑛龙已经在地上扭动了几个小时了,它的身体不断拍打着地面。医生蹲在它的旁边,他想这应该是它产卵前的阵痛。

在洞穴的门口,皮瑛抓狂地叫喊着:

"别让它受苦!帮帮它!"

冯不知道到底该怎么办,他努力地跟他想把医生的脊椎骨打碎的念头做斗争。如果他这么做了,那谁来帮助瑛龙呢?

母龙的吼叫使它颈部的毛发都竖了起来。硫磺的味道越来越强烈了。

"难道您没看到它这么痛苦吗?做点什么啊!"

桂儿·史密斯的脸庞出现在伊诺霍萨医生的回忆里。她曾经对他说过"不要放弃",就像在他终于教训了汤姆森的那次。三十天来被囚禁的怒火在医生的胸膛里燃烧。在他妻子的回忆的鼓舞下,他站起身来,一直走到老人面前,他的愤怒把皮瑛都吓到了。

"闭嘴。"他愤怒地命令他,然后回到他的位置。

皮瑛惊讶地扭头去看他的保镖以寻求帮助。

"哦……主人,您知道吗?我该去送那箱威士忌了。如果您允许……"大块头在老人的怒视下消失在地道里。

"该死的冯。"皮瑛心想。等他回来有他好看的。他没想到他再也见不到他了。

老人把注意力转回到瑛龙身上。只是有那么一会儿,它好像平静下来了。兽医和他女儿在窃窃私语。

"它觉得疼。"艾瑞说。

"这我想到了。"爸爸边说边准备了一剂吗啡,他在注射器里准备的量是给一匹马的剂量。"它需要帮助吗?"

艾瑞跟母龙低声说了几句;瑛龙报以一声吼叫。

"我认为它能……我认为它应该独自完成。但是它会很感激你在蛋出来的时候帮助它们不要受到伤害。"

医生同意了。他靠近它的一只爪子——有一头狮子的爪子那么大,寻找一条静脉。他能感觉到那动物很紧张。他将针扎入它的两个趾甲之间,那里的皮肉看起来比较软。瑛龙大叫着跳起来。

"忍着点,美人。"医生边说边推针筒。他发现龙的新陈代谢非常迅速。这跟其他的蜥蜴类动物有很大的差别。

等瑛龙看起来平静一些了,医生又在遗憾学术上的不足使他无法做一个关于母龙的科学报告。尽管,会有人当真吗?

他看到皮瑛蹲在一个角落里。他不知道老人带给他的是什么感觉。

一方面,他对这位走私鸦片和酒的老人感到一种深深的厌恶,他把他囚禁起来,不顾他的意愿强迫他给他巨大的宠物治病,还威胁说如果效果不好还得惩罚他。

另一方面,他又得感谢他给他这个机会,让他能够见识到这么珍奇的动物,还把他当成真正的兽医对待,他曾以为他再也不会干这行了呢。问题是他得能活着从地下城出去。

"出来了。"艾瑞说。

的确,在瑛龙黄色的肚子下面,有几个鼓鼓的东西滑了出来,就像是它吞进去几只小动物,然后它们试图从它的消化道里挣脱出来似的。

"我……我该做什么?"医生问道。

"你待在那边,把它们接住。我负责使它安静。"

医生听从了他女儿的安排。她俯身在龙头那边,抚摸着它,开始哼唱一首摇篮曲,这是她爸爸从她小时候起就唱给她听的:

神圣的圣母啊,小宝贝为什么哭泣?

因为一只苹果,他已将它丢弃,

咱们去那果园,再去摘下两只,

一只给小宝贝,一只就给上帝。

医生必须使出全身的力气才没让眼泪迸出来。

## 东方故事(八)

冯抱着一箱威士忌走在地道里。他根本没想找个苦力来帮忙,他自己就能搞定。

他一边走一边将沿途的灯都打开了。尽管他把路线都摸熟了,但还要这样他才能保证回来的时候不会迷路。那是地下城里没有人居住的一个区域。

这批威士忌的货是几天前从塔皮克过来的。皮瑛让人从苏格兰带来的。把它从墨西哥海关弄出来可是个大麻烦,这是由当地商会负责的,他们收买了那些阻挠商品进口的官员。

然后,货物被装上火车,由两个端毛瑟枪的武装人员押送,完好无损地送达墨西卡利火车站,在那里酒箱子被直接送入地下城的仓库。

所有的酒类都是通过类似的步骤由地下穿过边境的。从东方进口的鸦片也差不多是这样进来的,只不过在这种情况下,海关的检查员索要的好处费会翻倍。为此皮瑛在认真地考虑在墨西哥找个气候适宜的地方种植罂粟。他脑子里想的是西拿罗阿山区。

冯是十年前从中国过来的,他被所有那些家里有亲人或朋友在加利福尼亚的人讲述的发财梦吸引了。

冯,这个作为中国人来说实在太高大的男人,费了很大的力气才凑足了从上海到旧金山的船票钱,他们全家都出了力。

他出发的那天,他的未婚妻晶菲陪着他一直走到他启程的港口。

前一晚,晶菲悄悄地从窗户溜进了冯在港口附近租住的旅馆小房间,这是他当搬运工的工资所能承受的小小奢侈。

"你来这儿干什么?"冯睡意蒙胧地问道。她让他别作声。

后来,他在他的未婚妻怀里蜷成一团时,感觉像在云雾里飘荡,晶菲说:

"答应我你一定要回来。"

几小时之后,冯在上船前用一个吻许下了他的承诺。

过了十年,虽然冯寄出去的信从未得到回复,他依然保持着对晶菲的忠诚。尽管他跟皮瑛的关系使他有便利的条件,他却从未找过女人。他是到了墨西卡利后认识皮瑛的,他当时是来看看能否在索诺拉至下加利福尼亚的铁路建筑工地干上活儿的。

很快老人就将他纳入自己的庇护之下,对他就像对儿子一样,这份爱只有他的宠物得到过。

过了两年,冯已经赢得了他的主人无条件的信任,老人将他带到地道网中最隐蔽的一个地方,在那里向他展示了他隐藏得最好的秘密。

一看到那两条龙,冯一下子跪在地上,眼里充满泪水。中国与其文化之伟大、辉煌都在那里化身成那两条宝龙,被冯和他的主人欣赏有加。

从那一天起,老人就在冯的其他义务之外,又委托给他照顾宝龙洞穴的任务,冯很骄傲地接受了。

时光流逝,他依然为他跟动物之间的亲情联系所惊异。每天清晨,他很早就离开他在地下城的住处,跑到瑛龙和骁龙藏身的洞穴里,那两条龙像两只贪玩的小狗一样迎接他。

因此在那一天,当骁龙生病而又没有人能帮助它的时候,这位保镖简直痛不欲生。

所有传统中医能想得到的办法对于治疗骁龙都没有用。在高烧和颤抖的折磨下,冯曾经见过的光芒四射的骁龙只剩下一副灰色的躯壳,很快它就死了。

是冯亲自埋葬的骁龙,皮瑛是唯一的证人,他们把它埋在地下城里一个偏僻的角落里,它的遗骸安息在那里。

瑛龙为它的伴侣哭了整整几个月,直到它自己也病了。

然后,似乎是祈祷得到了回应,出现了那个能给动物治病的人。那个曾经为常福耀的骡子治好了蹄伤的人;那个在查普尔特佩克公园贩卖神奇药水的人。

冯想着,或许是时候回中国去了。现在多了一个能照顾瑛龙的人,尽管是靠武力得到的,冯想到用他十年来辛辛苦苦干活攒下的钱,有可能坐船回上海。找到晶菲,履行他十年前在码头上许下的承诺。

这就是这个大块头跨过地上的粉笔线时脑子里想的事情,那是皮瑛一时心血来潮,难得幽默地在地上划的,用以标明两国的界线。那条线是那条矿道里唯一的装饰。

冯一直走到地道分叉的岔路口,它们通往皮瑛在墨西卡利设置的不同的出口。他拐向左边,一路走着,一路打开电灯开关。

他走了几分钟就到了地道尽头的大门处。他拿出几把钥匙,打开沉重的大铁门,推开,露出一间黑暗的地下室。他走到楼梯那里,上楼,走到藏着地道入口的移动门那里。他开门、出去,迎面撞上一支鲁格手枪的枪筒,它死死瞄准他的眼睛就好像一只张嘴欲咬的眼镜蛇。

"你好啊,冯。"弗兰克·巴克招呼道。在他身边,阿里用一杆莫斯伯格猎枪对准了他的脸。

在他们身后,卡尔·H·瑞特在微笑。

## 我是个守信的人

我站在瑛龙的两条后腿的后面,它已经艰难地支起了身子。

从它的两腿之间开始流出一股类似蛋清的黏稠液体。那是一种难闻的黏液,在地上积成一个黏稠的水洼。

"第一个出来了,爸爸!"

我把手伸到已经扩大的开口处,一个甜瓜大小的珍珠色圆球就快出来了。当这个蛋"啪哒"一声出来的时候,就悬在那条黏稠的线上,缓慢地下滑。

"难道这个黏液就是做这个用的。"我边想边小心地接住圆球,然后把它放在我们为它准备好的一只柳条筐里。

"第二个来了!它说是个男孩!"

这话我觉得很不合适,直到我见到那个蛋,显然比第一个大。这么说公的在体积上更大一些。当然对于瑛龙来说,生出这么大个儿的蛋也更疼一些,它使的力气那么大,当蛋出来时,那黏糊糊的液体几乎使它从我手里滑落。

第三个、第四个也出来了。我真不敢想如果我没打那针吗啡会怎么样。它肯定会疼得难以忍受。

有一瞬间,也就是一眨眼的工夫,我扭头去看了看皮瑛,无意识地朝他笑了笑。他第一次做出回应,激动得都流泪了。

又有三个蛋从母龙的肚子里艰难地出来了。每一次用力,瑛龙都疼得大叫,我从来没有参与过这么复杂的分娩。

"最后一个来了,爸爸!"

这一个巨大的、沉甸甸的。几乎能感觉到里面有生命的跳动。母龙的最后一声吼叫听起来像是在庆祝。艾瑞跑过来抱住我,我激动地亲了亲她。

八个蛋挤在篮子里,就像八只巨大的珍珠吐着黏液。瑛龙精疲力尽地瘫在一旁。皮瑛笑得像个孩子似的。他靠近那些蛋,蹲下来,抚摸着它们,用他的语言低声嘟哝着什么,我觉得像是催眠曲。

我差一点就拥抱他了,可是我对他的反感更强烈一些。

"我们成功了,我们成功了!"艾瑞出神地重复着。我自己都不能相信这个事实。

当瑛龙吼叫的回响消失后,我迎面看着皮瑛。

"我完成我的工作了。"我说,指了指那头安睡的动物。

"君子一言。我是个守信的人。"皮瑛答道。他站起来向我伸出手。我迟疑地握了握他的瘦骨嶙峋的爪子般的手。他一把把我拉过去给了我一个大大的拥抱。

"谢谢。"他在我耳边低声说。

我迷惑得不知所措。我一动不动,直到几分钟后他把我放开。他擦了把眼泪说:

"您想什么时候动身?"

"就是现在。"我说着,艾瑞走过来,我用右手搂住她的肩膀。

"好的,我会命人给你们准备好所需之物。然后冯会沿着地道将您送过边境。您明白,这是对那些小小不快的补偿。"

"是的,当然。"我回答,"比如威胁说要砍掉我的双手。"

"爸爸,别说了。"

或许那只是我的想象,但是我相信我看到皮瑛窘迫地垂下了目光。

"是的,类似这个。总之,认识你们很高兴,医生,艾瑞。"

老人从他的衣服里取出一捆美元放在我的手里。

"我希望这个,嗯,作为你们的酬劳。"

我什么都没说,把钱装进我的口袋。我们会需要的。这是我们挣来的。

"那么我该说……祝你们旅途愉快。"

我们没说话。这沉默使老人很不舒服。从通道里传来的脚步声帮他解了围。

"啊,好像是我的保镖回来了。冯!"

脚步声加快了。

"你快点!"

那个中国人出现在门口,戴着一顶草帽。

"冯,劳驾你送医生和艾瑞到百货商店,为他们的旅行准备好所有需要的东西。然后,从地下护送他们到卡雷西哥的市中心。"

"Sorry, Chink. Don't speak Spanish. 别说西班牙语。"

我们三个人扭头去看声音传来的地方,结果发现一个高大的美国佬穿着冯的衣服,用手枪指着我们。在他身后,一个黝黑的亚洲人端着一杆猎枪也指着我们。

## 把他们活着带回来(六)

巴克很可惜那个冯带的那箱威士忌脱手了,箱子从楼梯上一直摔到地下室的地上,瓶子都摔成了碎片。

"这么多酒可惜了的。"巴克真的很惋惜。

"一个悲剧。"瑞特也说,在他的语气里没有一丝讽刺的味道。

冯趁他们不留神试图逃跑。他跳到地下室里,想跑到大门那里,然后逃往地道,在那里他可以利用迷宫般的岔道甩掉他们。

然而他没有料到阿里那么灵活,他在他身后一跳,扑到了他的背上。

冯转身想打马来人,后者紧紧抓住冯的身体。两个东方人在地上扭打在一起,用他们各自的语言互相咒骂,直到巴克下到地下室用枪托袭击了大块头。

巴克不得不用力打了比降服一头公牛所需要的还要多的次数。如果他赤手空拳,他可不想面对这么凶猛的一位斗士。

等冯倒在地上失去了知觉,他们把他的衣服扒下来,然后把他绑在了楼梯上。其间他们发现他的鼻子被打断了。等他醒来的时候一定会很愤怒的。

得州佬怕他会挣脱绳索。他把鲁格手枪交给瑞特,命他在他换上冯在打斗中都被撕扯破了的衣服时监视着他。

"如果他动,你就开枪。"

"不……我不能这么做,弗兰克。我们曾经共事多年。"

"你到底是不是我的死党?"

"呃……是、是的。"

"那就听我的。"然后他跟阿里消失在门里面。

两个猎手很惊讶地发现了一条矿道,有木头横梁加固,由电灯照明。一件很用心完成的工程学杰作。他们怎么能够在两边的人都没察觉的情况下建成那些地道的呢?

也或许察觉了,可是两边国家的当局都决定把它推给对方。

巴克不想多琢磨这些。他们已经进入了通道里面,快步向前走去。他们进来的那道门似乎是地道的终点。

他们很快就发现冯走过的路都有灯亮着,指引着回去的路。"非常聪明。"巴克心想。

那下面的温度凉爽,沁人心脾,甚至还有一丝和风吹拂着。在那里时间仿佛是以不同的频率前进的。

他们一路沿着被灯光照亮的通道走着,直到听见了一种声音,被石墙阻隔,隐隐约约地难以听清。随着他们越往前走,一种野兽的吼叫声就听得越清楚,甚至清清楚楚地演变成一种声音的轨迹。

"这是什么动物?"巴克问道。阿里摇了摇头,这声音不属于马来人认识的任何一种动物。

两个人感到一丝恐惧。

或许是另一人的陪伴才使得他们能掩藏起内心的害怕,继续朝吼声找去。

每走一步,声音都变得更加清晰一些。那一定是头巨兽,至少有大象那么大,巴克边想边抓紧了他的来复枪。

阿里害怕得没敢出声。

## 噩 梦

"我早就知道你是个会背叛的卑鄙小人。"冯一清醒过来就对瑞特说。"一个可怜的恶魔,一个臭婊子养的,只会给主人带来麻烦,亏他还一直给你活儿干,让你当客户联系人。"

"这是你说的。"德国佬勉强答道,手里的枪丝毫不敢移动。"可是从不会有人命令我给什么人的宠物清理粪便。"

"那是谣言!是我自愿照料那头宝贝的。保持它的洞穴清洁是我的义务的一部分。"

"那还是粪便啊,我的朋友。"

"瑞特,你不会活着从这里出去的,你知道的,等皮瑛知道你背叛了他,无论你藏在哪里,他都会找到你,然后让你痛不欲生,臭婊子养的。"

"我很怀疑,冯。你睁大眼睛吧,皮瑛已经是个老头儿了,他完蛋了。我不信他能活到下一个年底。"

"够了!"

"换了是你，我可就得小心了，冯。"

"闭嘴！"

"可是你已经看到了，你动作慢了，结果被扒光了，还被捆在这个地下室里。"

"你少在这儿喷粪了！"

"在你最需要他的时候，你的皮瑛在哪里呢？"

"趁我还没揍你，快闭上你的臭嘴吧！"

冯一边用中文咒骂着，一边疯狂地挣扎着。

"我很遗憾，冯，你是最不让我讨厌的中国人了。"

冯疯狂地挣扎着，似乎他的脊背上通了电流。瑞特感到不安了。

"别折腾了，你……你会受伤的。"

冯看起来处于一种很危急的状态，他双眼翻白，口吐白沫。

"停！"德国人喊道，他差点就要开枪了。他的犹豫将会让他付出生命的代价。

冯挣断了绳索，他号叫着扑向心惊胆战的瑞特，他在世上最后看到的是冯的大手朝他的脑袋围过来，他的拇指抠进了他的眼窝，疼痛的眼球一起破裂了，然后他感到冯扭住了他的脖子，直到把它扭断。尸体滑落到地上，手里还抓着手枪。冯像头野兽一样怒吼着从瑞特扭曲的手指中间把手枪拽出来,他抓着枪朝门口跑去。

如果有人在地道里,一定会被吓跑:一个巨人浑身是血,仿佛从噩梦中跑出来似的,赤裸地跑在地下通道里,手里还拿着武器。

# 把他们活着带回来（七）

弗兰克·巴克简直无法相信他的好运。

他总是能得到幸运女神的眷顾。在赌博上，在生意上，在爱情上。

而现在他似乎是中了头奖了。

循着那动物的叫声，他和阿里来到了嵌在墙上的一扇圆形大门前，那门通向一座巨大的洞穴。

在那里他迎面碰上了皮瑛本人，皮瑛以为是冯回来了，还说着什么想吩咐他去做事。他身边还有一个男人和一个孩子。

"很抱歉，我不说西班牙语。"他嘲讽地用他的纯得克萨斯口音的英语回答，边说边举起了他的左轮手枪。他很得意地看着老人脸上露出的惊恐。

"您是哪位？来这儿干什么？"皮瑛用英语问道。

巴克正想开个沉重点的玩笑作为回答，地上躺着的一个身影吸引了他的注意力。

他的眼角瞥到一个巨大的膨胀的肉团在有节奏地抽搐着。他一点一点地转过头去,直到完整地看到躺在地上的那头动物。

他惊讶地张大了嘴巴。

他命令阿里原地不动。他惊讶地、慢慢地、几乎是恐惧地朝那巨兽走过去。当他走到瑛龙身旁时,他跪了下来,狂喊道:

"我操他个妈!"

有那么一瞬间,巴克感到自己沉浸在一种完全的宁静之中,一片微小的安宁之境,在其中他感到无欲无求。他的恐惧与执念、他的不安与烦恼通通消失了。在他的指尖滑过瑛龙的粗糙皮肤的那几秒钟,弗兰克·巴克是个完美的人。

皮瑛的怒吼使他回到了现实:

"马上从这儿出去!"

老人已经来到了这个狩猎者的身边。现在他在他的右边朝他大喊。巴克没理他。

"我跟你说……"

皮瑛没能说完那句话。他猛地滑倒在瑛龙分泌出的那一大团粘稠的液体之中。艾瑞和大夫看到他摔倒的同时也听到了他的骨头断裂发出的脆响。

罗兰多·伊诺霍萨医生的第一个反应是从那里出去,把那个噩梦甩开,从那座地下城逃出去。他抓住女儿的手,拉着她朝门口走去,却迎面撞上了阿里的怒视,他正端着一杆猎枪瞄着他们。

"哦……我……"直到这时他才注意到艾瑞的怀里还抱着那个装了八只蛋的筐子。一眨眼的工夫,阿里和巴克都发现了这一点。

"你想到哪儿去,黑鬼?"美国佬问道,他的语气使他想到了香烟和冰啤酒。

"哦……我……"

美国人站起身,一下子就越过了他和艾瑞、大夫之间的距离。他伸手抓了一个蛋问道:

"这难道就是我以为的那个东西?"

医生没说话。艾瑞吓呆了。阿里开始点头,开始是轻轻地,然后是用力地。

这个猎人把篮子从男孩那里夺了过去。或者是女孩?无所谓。他心醉神迷地把篮子举到眼前,痴痴地盯着那些闪着珍珠般光泽的圆球。它们几乎放射出一种超自然的光芒。

巨蛋。

刚生下的龙蛋,温热的,上面还包着一层爬行类动物用来保护巢穴的凝胶。

巴克的脑子开始全速运转。如果巴纳姆的后代必须向能带去活龙的人支付一千万美元,那么他们会为这八个蛋孵出的八只幼崽支付八千万美元吗?他自己留着这些蛋等它们孵化出来,再开个世界最神奇的动物园是不是更划算呢?如果人们能成群结队地去看巴纳姆的骗人把戏或是哈根贝克的驯狮表演,更不用说每年有成百上千万的人买票去看马戏,他们为了看一只真正的活的中国龙还能吝惜吗?为了八只呢?巴克看到自己已经身处娱乐世界之巅了,身边是忠诚的阿里,为他解决那些麻烦的事务。老爷车、私人飞机,带着他的珍禽异兽环游世界进行巡回表演,引起广大观众的惊讶和科学家们的好奇。

一声干咳把他拉回了现实。

"抱歉。"医生怯生生地用他可怕的英语说道。"我和我女儿还要赶路,我们快赶不上火车了。您能跟您的朋友说一下放我们过去吗?"

皮瑛躺在地上艰难地喘息着。在老人的身边,瑛龙在吗啡的作用下正呼呼大睡。

"谁都不能从这儿出去。"巴克似乎从他的恍惚中回过神来。"您是哪位?在这里做什么?"

伊诺霍萨医生紧张地试图用一门他所不熟悉的语言拼凑出一个连贯的答案。

"我……哦……跟我女儿旅行……我们路过这座城市……直到……皮瑛……还有冯……"

"我父亲是给瑛龙治病的兽医。"艾瑞突然说道。两个大人都很吃惊她能说一口流利的英语。

"好吧,可是你呢,你是男孩还是女孩?"

阿里非常紧张地提醒他的主子,瑞特还在地道的另一头等他们呢。他们得走了。

好像喝醉了似的,巴克凯旋般地举起了篮子。那里面装着比一个珍稀动物商人所能梦想得到的还要多得多的财富。不朽与荣光,都包含在那八只珍珠般的圆球里了。

"咱们走。"他对马来人说,忘了医生和他儿子的存在。或是女儿?他从他们身边经过朝门口走去。

"爸爸!咱们不能让他把它们抢走。"艾瑞低声说道。

"你闭嘴,女儿。这不关咱俩的事。"

"可是……"

"闭嘴。"

在阿里的陪伴下,美国佬正要踏上门槛,他突然停住了,仿佛被土著人的毒箭射中了一般定格在那里。他慢慢地朝瑛龙躺着的地方扭过头去,在轻轻地说了一句"等等"之后,他转身回到皮瑛和母龙躺着的地方。

皮瑛躺在地上艰难地呼吸着。当他看到弗兰克·巴克完全出现在他的视野里,他感到一种奇特的平静。

"我很遗憾,老头,因为我不能有竞争对手。"巴克说着举起了他的手枪。

枪声在整个洞穴里回荡。

艾瑞看到瑛龙剧烈地摇晃身体就大叫起来。巴克射中了它的颈部。

"我知道你会理解的,老头。好吧,很高兴认识你。我很想留下来吃份炒杂烩,可是我还有生意要打理。"他原地转身打算出去了。"我会过来问候你的,等下次……"

他没能说完那句话。冯好像一架咆哮的战车般冲进了龙穴,他朝空中开着枪,顺手就把阿里撂倒了。

冯一看到巴克就明白眼前的一幕是怎么回事了。瑞特帮他们找到了通道。他们是来抢瑛龙的孩子的。当冯看到皮瑛倒在地上,他确信之前他听到的那声枪响使他的主人送了命。他要报仇。

他的第一枪放倒了得州佬,他仰面朝天摔倒在地,那些巨蛋滚落了一地。艾瑞暗自庆幸它们有着很厚的壳,她马上跑过去抢救它们。

阿里徒劳地用枪瞄着在地上扭打在一起的两个人。他知道他如果开枪就必然会伤到他的主子。

地上,冯愤怒的拳头雨点般落在得州佬的身上,后者尽可能地抵抗着。

最后,阿里把他的枪扔到了一边,拔出一把传统的马来剑,用它猛地扎入冯的后背。

医生吓呆了,他朝他的女儿大喊着。艾瑞照办了,她的手里才刚捡了一个蛋。

"咱们走!"医生边说边把她抱在怀里朝外面跑去。

洞穴中,三个男人还在厮杀。阿里的剑刃几次扎入冯的后背,而冯似乎都没什么反应。巴克用头部的撞击负隅顽抗。三个男人扭打在一起,在地上滚成一团,就像是一只长着十二只脚的大虫子,这些脚连蹬带踹,把脸踢得血肉模糊。

在厮打中,一个人的胳膊重重地落在其中的一个蛋上。

喀喇!蛋壳裂开了,蛋黄流淌了一地。

响声惊醒了母龙,它的厚皮使它逃过了巴克的枪击。

三个人的第二下又打碎了一个巨蛋。

躺在地上的皮瑛知道自己快不行了,他最后看到瑛龙愤怒地抬起头来。

母龙深吸了一口气,胸膛鼓了起来。那三个男人停止了打斗。他们惊恐地看到瑛龙咯吱咯吱在磨牙,边磨边从它的嘴里冒出火花。

"漂亮,漂亮!"皮瑛喃喃道。这是他能盼望的最好的死法了。

一股酸味弥漫在洞穴中。阿里艰难地欠起身来,又去扶巴克。他们看得出来猛兽要发威了。是该拔腿就跑的时候了。

冯迷迷糊糊地也想跑。可是眼睛里流出的血使他什么也看不到了,他摸索着想找个支撑点,这时他的手落到了另一只蛋上。

这足以使瑛龙以为冯在袭击它未来的宝宝。

"到时候了。"皮瑛说完,用力地闭上了眼睛。

透过眼皮他看到大火熊熊燃烧。

## 苦力们说

我们很多人当时正睡觉呢,有一些在苦闷地抽着水烟袋,寻找鸦片的短暂慰藉。还有一些人在吃饭,一些在打牌,这时大火开始烧起来了。无论哪种情况,对我们来说都是出乎意料的。

在那下面住了我们多少人?从来都没人知道。即便是皮瑛本人恐怕也不清楚。我们都是坐着船一批批地来的,来了就躲在这个地下城,逃避移民局的检查和那臭名昭著的人头税。我们躲在那里,避开了炎热和棉花种植园老板的虐待。我们边喝茶边扇着扇子驱赶苍蝇,还聊着些女人的故事。我们都睡在一个大房间里,同甘共苦。可要想知道我们有多少人,那是不可能的。

唯一清楚的是女人很少,几十个男人才能合到几个女人,我们有好几百号男的。

地下城是我们的家。是我们远离祖国的一小块国土。当然我们会有住宅区、商业区、娱乐休闲区,还有学校和寺庙。这就是我们的小小祖国,所以我们为它的悲惨命运痛哭流涕。

那是一个平常的夜晚,我们都在干着各自的事情,那声灾难般的巨响像是预示着世界末日的号角,把我们都吓呆了。

大火是从地道的深处烧起来的。在猛烈的爆炸声中,地下城淹没在火海里,大火开始吞噬木头、布料、纸箱、酒瓶、水烟袋、鸦片烟枪。但是当大火烧到存放烟花爆竹的地方时,就变成了一个很多人都没有从中醒来的噩梦。

很快一切全都灰飞烟灭。

我们一听到噼啪作响的着火声,马上跑去试图扑灭它。我们提着装满水的桶、饭碗跑过去,可是我们连火苗的边儿还没够着,地道的墙壁就被大火吞噬了,黑烟一直弥漫到屋顶。

我们当中有些冒失鬼冲上去想把火扑灭,可他们立刻被烈火包围了。一眨眼的工夫,我们就看到他们的身体变成了黑影,在烈焰中痛苦地舞动,就好像那些注定下到天主教地狱中的灵魂一样,几秒钟之后就在火海中消失无影了。

那时候我们就明白了,几分钟后我们的地下宝城就会被汹涌的大火吞噬殆尽。那一刻,我们连为它的命运哭泣的时间都没有。

我们想跑,想逃离那场毁灭,想抢出我们能带走的东西。我们当中有很多人在抢救他们不多的财产、货物、积攒的钱的时候被火苗抓住了。还有一些在逃出来之前就被浓烟卡住喉咙呛死了。

火灾过后,我们肯定会发现成百上千具被烧焦的尸体。我们的朋友和亲人堆成了一座冒着烟的小山。

我们这些离出口最近的人都像被困的虫子一样挤在通往地面的门前。我们恐惧地喊叫着,试图拳打脚踢地闯出一条路。其中很多人就被踩死在通往救赎的门口。

即使是一场海难造成的逃生无望的绝望感也不像这样令人难以承受:当你知道等待你的是如此令人恐惧的命运——被火烧死。

或许正是因此,当我们听到从地道深处传来的绝望的吼叫声时,没有人停住哪怕是一刻的脚步。有些人在之后的好几年时间里,都坚信那是一头巨兽在火海中痛苦地挣扎求生。它一直跟火焰搏斗,直到那仿佛非此尘世的大火在它可怕的痛苦吼声中将它吞噬。

不过我们大多数人都忙于从那地狱中逃出来。假如回头向后看去的话,很有可能我们会撞上一个魔鬼。

## 一九二三年五月二十二日　星期二

多年以后,地下城的火灾还在被人谈论不休。据说大火是从阿苏埃塔和阿尔塔米拉诺的街角处着起来的,然后朝街区的所有商铺蔓延,火灾是由亚洲人存放的那么多烟花爆竹引起的。

据说大火从墨西卡利地下纵横交错的地道中的一处开始烧起来;那里有一些地道连接着很多住户与商铺,里面住着成群的黄种人,他们都抽大烟。他们当中有很多人都没有当地的合法身份。

据说有一条地道一直通往边境线的另一边。他们通过这条地道可以自由地往返于两个国家,也可以非法运输物资;美国佬向他们购买的成吨毒品和成箱烈酒都是从那儿运过去的。

据说当消防员赶到的时候,火焰已经冲到几十米高了。从那些棉花种植园里都能看到黑色的烟柱,因为地下存放着很多木料和棉布,大火燃烧得异常凶猛,不过那里囤积的成千上万瓶威士忌、伏特加、金酒、白兰地和龙舌兰等烈酒更加剧了火势。他们觉得那些坑道和小巷织成的网被烧得好像一口高压锅,烈酒在瓶子里沸腾直到像莫洛托夫燃烧弹一样炸开。

据说那就是地狱。

也有人证实当消防员赶到的时候,有人开始从地道里跑出来;一群一群的苦力们从地下蜂拥而出,有的被烧焦了,有的被严重地烧伤了,还有的浑身都着火了。有很多人因为不停地抽水烟袋已经脑子不大好使了。

据说尽管那些消防员尽了最大努力,还是控制不住火情。大火烧毁了一切,连水泥都烧着了;只有一家叫钟龙的商铺幸免于难。而其余的一切都划为灰烬了。

他们证实,当最后一丝火苗被扑灭后,警察发现了大量的地道,它们在墨西卡利市的地下纵横交错,像蜘蛛网一样一直通到边境线的另一头。那是一张错综复杂的网络,看起来建造得毫无章法,在那里面发现了成百上千具烧焦的尸体,面目全非,完全无法辨认。

据说火灾过后,当局对东方移民实施了铁腕政策;打那会儿起开始了一段对亚洲国家来说非常黑暗的时期。似乎有一种诅咒降临到他们的头上,他们花了很多年的时间才重新崛起。人们怀着怨恨和怀疑看待他们。也有种流言说是政府趁机控制了这项让东方人赚了那么多钱的酒类生意。这都是听说的。

可是最奇特的是有人证实在火灾的余烬中有一头巨大的动物的骨架。似乎在那个地下有个疯子藏匿了一匹马或是一头大象。

## 来福士酒店
### 新加坡加东　多年以后

有时候,仅仅是有时候,巴克会梦到一九二三年的那个星期二。那一天是他作为猎手生涯的巅峰时刻,他有幸触摸到了他平生所见过的最珍奇的动物的八只蛋卵。

他在亚洲东南部丛林里打猎的时候从来没有见到过类似的动物。在他的余生中他也再没有见过另一条龙,他也不想再找了。

好像两个人之间达成了默契的约定一般,无论是弗兰克·巴克还是达拉姆·阿里都不再提起那次失败的猎龙之战。那一次他们为了那条龙远赴一座墨西哥边境城市,深入到地下城,却无功而返。

就连巴克在新加坡的来福士酒店的吧台上向那些为数不少的听众绘声绘色地讲述他的奇特冒险经历时,他都不愿意讲到他在墨西卡利的地下差点葬身火海的传奇。

他从没有讲过,阿里以他那马来人的瘦小身材,将他扛在肩膀上，在地道里跑了好几公里，大火追赶着他们，舔着他们的后背，直到他们穿过了那扇他们由之进入那场噩梦的同一扇门。他也没有说过如果别人没有把他送到卡雷西哥的一家医院，他就没机会讲故事了。

只有当他喝得烂醉的时候，这在像他这样的老酒鬼身上是很少发生的情况，他会嘟嘟囔囔地说些谁也听不清的话，提到从前有一次，曾经有八千万美元擦着他的指尖儿滑过去。钱啊，他说，就像烟雾一样消失无踪了。

于是一种与他的性情很不相称的忧郁充满了他的眼睛，他的双眼潮湿得似乎差一点儿就会有眼泪奔涌而出了。这时候，那些坐在那里听他讲他的冒险经历的人们就会面面相觑，不明白是什么回忆给这位猎手带来了如此巨大的悲伤。

可是，弗兰克·巴克马上又以与他陷入伤感的同样速度恢复了从容，他咕哝着一些辩解的理由（如"抱歉，我的眼睛里进了灰尘"之类的话），然后在他的听众的大笑声中重新变得巧舌如簧，阿里很配合，默默地看着他。

通常，巴克会把他的酒一饮而尽，然后把杯子重重地放在吧台上大叫道：

"难道你们想把我渴死吗？这个破地方是什么服务啊？"

当酒保给这个得州佬上酒的时候——一般都是一份金汤尼——一声只有阿里能够察觉的忧郁的叹息结束了巴克悲伤的回忆片段。

然后,他点上一支烟,马上把这件事抛到脑后了。

## 艾瑞说

岁月流逝,我的记忆渐渐变得模糊。我很遗憾,从那时起,已经过了几十年了。

我记得爸爸抱着我在地道里奔跑。我们听到从身后传来的第一声爆炸声。很快我们就感觉到了身后的灼热,就像是有一座敞开的火炉在后面追赶我们。

我不记得我们是否看到了大火,不过我们沿途都被照亮了,我们顺着那些被灯照亮的通道前进。我们能听到远处传来的在大火中挣扎的人们的喊叫声;也能远远地闻到被烧焦的气味,但是我相信在那一刻我们已经逃离火灾了。或者这是我愿意记得的。

我不知道我们跑了多久,我忘了,但是我很清楚我们到了一条地道的尽头,那里有扇门,门外有座楼梯,我们从那里上去了。楼梯通往一个房间,里面有个死人。他躺在地上的一摊血泊中,苍蝇围着他嗡嗡盘旋,而他的头以一个奇怪的角度向后扭去。尽管爸爸试图不让我看到,可是那一幕像照片一样印在了我的脑海里。

相反的是,我完全忘记了我们是怎么从那个地方出来的,也不记得我们朝哪里跑的、晚上睡在哪里。我唯一清楚的就是我们是从美国那边出来的;爸爸拿着老人之前给他的装满美元的袋子;接下来我记得的就是爸爸和我坐上火车朝佛蒙特方向一路向北。

当我打开尘封的记忆时,那次漫长旅途的细节已经变得模糊了。我们去圣安东尼奥只是喝了杯奶茶吗?爸爸带我去看他和妈妈初识的兽医学校了吗?或许是在几年后的另一次旅行中?我不知道。很遗憾,岁月冲淡了记忆,老人们的回忆都会被蒙上一层灰尘。

我确实能够清楚重现的是那只蛋开始破壳的那一刻。爸爸把我从地下城带出来之前我抢救出的唯一的一只。我把它紧紧地抱在胸前,一刻也没有松开。

在火车站或是餐馆里,当人们看到我们时,我们想不引人注目是不可能的,一个金发女孩打扮成男孩的样子,旁边是一位说是她爸爸的黑发男人。

有时人们会问女孩儿抱着的发出珍珠光泽的巨蛋是什么。"是她的球。"爸爸用他那蹩脚的英语回答,他一直到生命的尽头都说着这样的英语。

蛋,他们是这样叫的,在我们透过火车的车窗第一次见到尚普兰湖之后不久就开始裂开了。"爸爸。"我以一种怯怯的声音低声唤道,这种声音只有几个月后当我第一次在内裤上发现一滴血迹时才又用过一次。

他把蛋捧在手里,证实了里面有东西在晃动。"我想,你的体温……把它孵化了,艾瑞。"他说。我不知道他是不是在开玩笑。

我们在下一站就下了火车,朝湖边走去。我们为什么这么做?不知道,我们就是这么做了。

在漫长的途中,蛋壳渐渐地裂开,当我们到达水边时,第一块蛋壳掉在地上。从里面钻出了四脚龙的小脑袋,它用它的琥珀色的眼睛看着我,似乎还没下决心是否要出来。

最终,小龙挣脱了整个蛋壳出来了,它的全身包裹着一层黏液,它自己舔着。太棒了,它就是它妈妈的一个翻版。

是公的还是母的,我忘记了。不过有一幕就像电影般清楚地刻在我的脑海里,我记得我们看着小龙在湖边嬉戏,闻着新鲜的空气,嚼了一些草叶,然后转了个身,好像是被湖水吸引了,它歪歪扭扭地朝湖边走去。

我本想阻止它,把它留在身边,就像那位东方老人做的那样,可是爸爸拦住了我。当我想跟在那小东西后面时,他温柔地搂住我的肩膀。

我放声大哭起来。当我扭头去看他时,见到两大滴眼泪顺着他的脸颊滚落下来。我们俩都知道,把它留在那里是正确的。它找到了一个家。

我们看着小龙在湖里戏水,就像是一只水栖动物。这坚定了爸爸认为圈养这些生灵是一种罪行的想法。

我情不自禁地想起了瑛龙,被囚禁在那个半荒漠的地下洞穴里。

我们无声地转身重新踏上我们的旅途。还有好多公里的路等着我们去走呢。好吧,那里是算英里的。

我们听得到在我们身后,那条小龙在水里愉快地玩耍着。

仿佛在宣告自己是湖水的新统治者一般,它朝空中发出一声吼叫,尽管它个头瘦小,那吼声已经令人毛骨悚然了。

我们继续我们的旅途。

我们手拉着手,渐行渐远。

我们再没有回头。

墨西哥城-瓦哈卡-萨尔蒂略-托雷翁

二〇〇七年八月九日十八点五十三分—

二〇〇八年二月十八日八点五十七分

# 人 物 表

费·特·巴纳姆(1810—1891),美国马戏团业的巨擘,娱乐业的先锋。对病态的事物有超强的敏感,是"博物馆"的创始人,那些博物馆更像是中世纪的猎奇陈列室,展出的都是畸形或是变异的生物,很多时候,是纯粹的骗局。有一句名言被安在他的身上:"每一分钟都会诞生一个傻瓜。"

弗兰克·巴克(1883—1950),美国著名猎手,出生于得克萨斯州盖恩斯维尔市。珍奇动物商人,定居于东南亚,是二十世纪上半叶美国马戏团和动物园的动物样本的主要供应商。一九三九年纽约世界博览会期间,推出猿猴展引起轰动。主演过几部电影,他在其中扮演自己。死于肺癌。

罗伦佐·卡萨诺瓦(1832—1870),意大利猎手,出生于都灵。于一八六四年结识卡尔·哈根贝克之后,成为后者的主要样本供应商,直到在埃及的亚历山大港死于疟疾。

CHAMP(S. F.),尚普兰湖区特有的爬行动物。尚普兰湖是美国第六大湖,位于美国北部,地处纽约州与佛蒙特州及加拿大的魁北克地区的交界。据描绘是一种爬行动物,被湖边居民目击过多次,最近一次是在二〇〇六年,迪克·阿佛尔特和他的女婿皮特·博得特在一艘小艇上钓鲟鱼的时候,用录像机捕捉到了一只类似蛇颈龙的动物的惊人画面,当时它就在水面之下几厘米的地方。

霍拉旭·P·康拉迪(1847—1900),美国地质学家,美国科学院院士,在其生平最后三十年任华盛顿史密森尼自然历史博物馆助理总监。博物馆中相当数量的化石的获得都要归功于他。他特别为一副保持完好的猛犸骨骼感到自豪,那是由猎手、探险家亨利·土克曼于一八九一年在阿拉斯加发现的。他死于心绞痛,神志不清的时候曾请求人们把他带到魔鬼脚印山谷去。

爱德华·德林克·科普(1840—1897),美国自然科学家,现代古生物学先驱。领导了数次美国西部的考察活动,命名了上千个由他的化石采集队挖掘出来的恐龙化石种类。在他那个时期,他与其同行奥塞内尔·查利斯·马什之间的激烈竞争很著名。

达拉姆·阿里(1900—1968),马来西亚狩猎向导,弗兰克·巴克的助手,陪同后者在东南亚游猎。二十年代初期移民美国,一九三六年获得公民身份。巴克死后,他在洛杉矶的重庆路开了一家东方餐厅,他在那里接待客人直到其生命的尽头。

卡尔·哈根贝克(1844—1913),德国珍奇动物商人,生于汉堡,他在那里创建了哈根贝克动物园,至今仍在营业。他是一位鱼类商人的儿子,他们一家在购买了六只海豹之后开始对珍奇动物产生兴趣,当时哈根贝克还是个孩子。十九世纪末,他成为欧洲珍奇动物的主要供应商,他的客户中包括当时世界上最重要的马戏团和动物园。他是现代动物园概念的创建者,在模仿动物的自然栖息环境中向观众展示动物,也是驯兽节目的试验先驱。

罗兰多·伊诺霍萨(1887—1946),兽医,生于瓜纳华托的西劳市,是一个显赫的专业工作者家庭的成员。在美国受教育,与莉迪亚·安·史密斯小姐结婚,后者于一九一三年在生下他们唯一的孩子后死去。十年之后,他跟女儿一起前往北部边境,想从那里穿越国境线,再也不回墨西哥了。死于美国佛蒙特州的伯灵顿市。

阿里亚德娜·阿兰萨苏·伊诺霍萨-史密斯(1913—2004),墨西哥-美国生物学家,穴居动物学专家。曾任苏格兰动物学家伊万·T·桑德森的湖栖动物研究方面的杰出助手,最终因学术分歧而分道扬镳。她关于墨西哥阿卡姆巴罗恐龙土偶的研究在四十年代有一定的反响。从五十年代到她于一九八七年退休,她在佛蒙特大学教授进化论。死于尚普兰湖畔的一座养老院,死时唇边挂着一丝神秘莫测的微笑。

查尔斯·R·奈特(1874—1953),美国造型艺术家,以其关于恐龙、猛犸、乳齿象和其他史前动物的绘画作品而闻名。目前他的作品在美国的很多家科学博物馆中都有展出。

奥塞内尔·查尔斯·马什(1831—1899),美国地质学家,现代古生物学先驱。爱德华·德林克·科普的强劲竞争对手。两人一起挖掘并鉴定过百种恐龙。

皮瑛(1850—1923),亚洲商人。青少年时期移民美国。曾经参与修建横贯大陆的铁路,在那里开始了他蓬勃的洗衣店生意。后来在加利福尼亚的佛森市定居,二十世纪初期离开那里前往新兴城市墨西卡利,因为这里是棉花种植业的重镇。一九二三年死于当地地下城的一场火灾。

卡尔·亨利·瑞特(1879—1923),德国电气工程师,生于汉堡,一九一一年移民到美国。第一次世界大战爆发的时候,到德国使馆毛遂自荐,被派去寻找潘乔·维亚,想游说后者与德国皇帝建立军事联盟以共同对抗美国。他的任务失败后,在美国与墨西哥的边境地区失踪,十年之后,被发现神秘地死于加利福尼亚的卡雷西哥市内的一家仓库里。

阿贝拉多·罗德里格斯(1889—1969),墨西哥革命将领,在阿尔瓦罗·奥夫雷贡的指挥下作战。一九二三年至一九二九年期间任下加利福尼亚地区的行政长官。曾在帕斯夸尔·奥蒂斯·卢比奥麾下担任经济贸易和工业部部长、国防部长,并于一九三二年至一九三四年期间替代后者担任墨西哥共和国临时总统。一九四三年至一九四八年间,任索诺拉地区州长。退出政治舞台后,转型为成功商人。死于加利福尼亚的洛杉矶市。

萨姆·史密斯(1852—?),落基山地区的天然化石采集者,先后为爱德华·德林克·科普、奥塞内尔·查尔斯·马什工作过。于著名的恶土山区神秘地失踪。多年以后他的遗体被发现。据推测他是于一八九〇年代被杀害的。

亨利·土克曼(1863—1939),英国探险家、勘探者,生于英国肯特郡,最早在加拿大的克朗代克地区勘探的人。育空河北岸的勘探专家,曾在同名要塞中生活多年,周围生活的是当地印第安人和一小拨白人传教士。一八九四年出世隐居山林,在他的故乡定居。

# 后　记

正如我在不同的场合都说过的那样，尽管一部小说的写作是独立完成的，尽管很多时候也不是出于自愿，还是会有很多人直接或间接地参与到创作之中。作者很想在此感谢为这部小说的写作提供慷慨相助的以下人等：

里卡多·加西亚·米克罗，天才的漫画家，我曾经想为他写个剧本，是他给我出的点子最后变成了《寻龙记》。当我跟他说我想干点儿跟龙有关的事时，他说："我更想搞个西方的。"他的想法是激发出这本书的写作的火花。这就是结果，尽管我还欠着剧本。谢谢，米克罗。

卡伦·查塞克，F.G.哈根贝克，古巴作家约斯，三位可敬的作家同行，是最初读到这个故事的人。他们的建议和反馈为我铲平了通往终点的崎岖小路（还帮助我修剪掉了多余的枝杈）。哈根贝克甚至把他女儿艾瑞的名字借给我使用。非常感谢三位！

就在写出这些话的时候，我还从没有去过墨西卡利市。我要感谢加夫列尔·特鲁西略·穆尼奥斯,另一位敬爱的同行,他为我寄来关于那座城市和它的亚洲移民的非常宝贵的资料(正是在阅读他的大作《墨西卡利的神话与传说》一书并为之做插图时,我才初次了解那场地下城的大火)。

同样,我也欠着艾娃·约兰达·希梅内斯·加亚尔多一个大人情,她甚至去了墨西卡利的土地登记办公室去为我复印了一幅一九二一年的城市地图,因此我才得以搞清地下城及其周围的道路。谢谢,约兰!

写作小说的过程中最使我激动的部分是预先的调研阶段,对我来说就像是慢慢地挖出一份宝藏。这不是一本历史小说,我也从没想让它是,但是我不得不去几十个地方查找大量的资料以使我的叙述变得坚实。我要感谢伊比利亚美洲大学(我于此任教)的弗兰西斯科·哈维尔·克拉维赫罗图书馆的人员,特别感谢历史部的格拉希埃拉·埃斯特拉达,每当我去借阅唯一的一本西班牙语编辑的卡尔·哈根贝克回忆录副本时,她总是很耐心地为我提供方便。

玛丽亚·埃莱娜·拉米雷斯·皮奥·罗夫莱斯为《寻龙记》做了超出她职业要求之外的校正。谢谢你如此热情地为拙著进行润色,玛莱妮!

最后，感谢雷贝卡·达维拉，她不仅在整部小说写作期间慷慨而耐心地陪伴我，而且是我的指路明灯。

BEF
二〇〇八年夏于墨西哥城